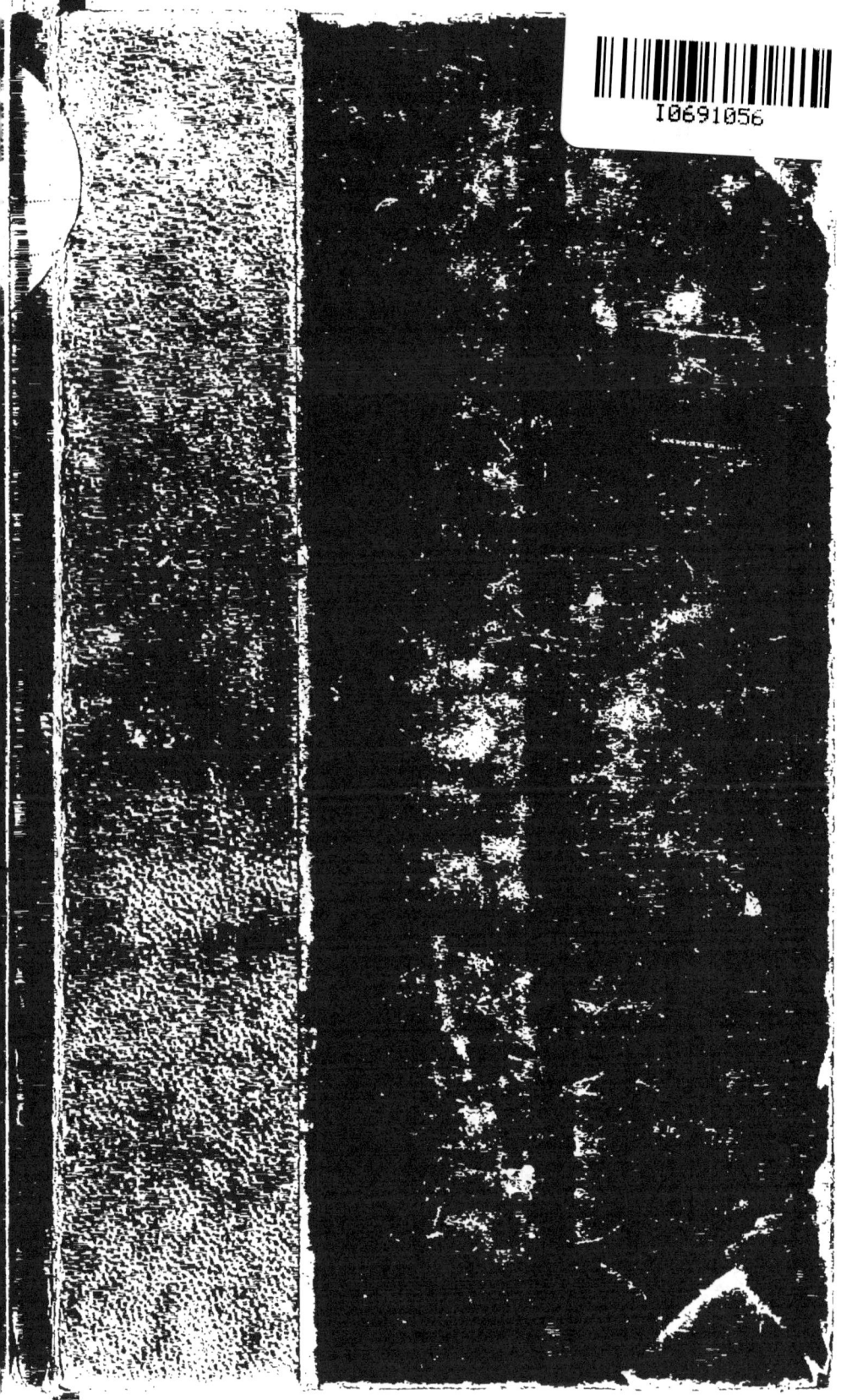

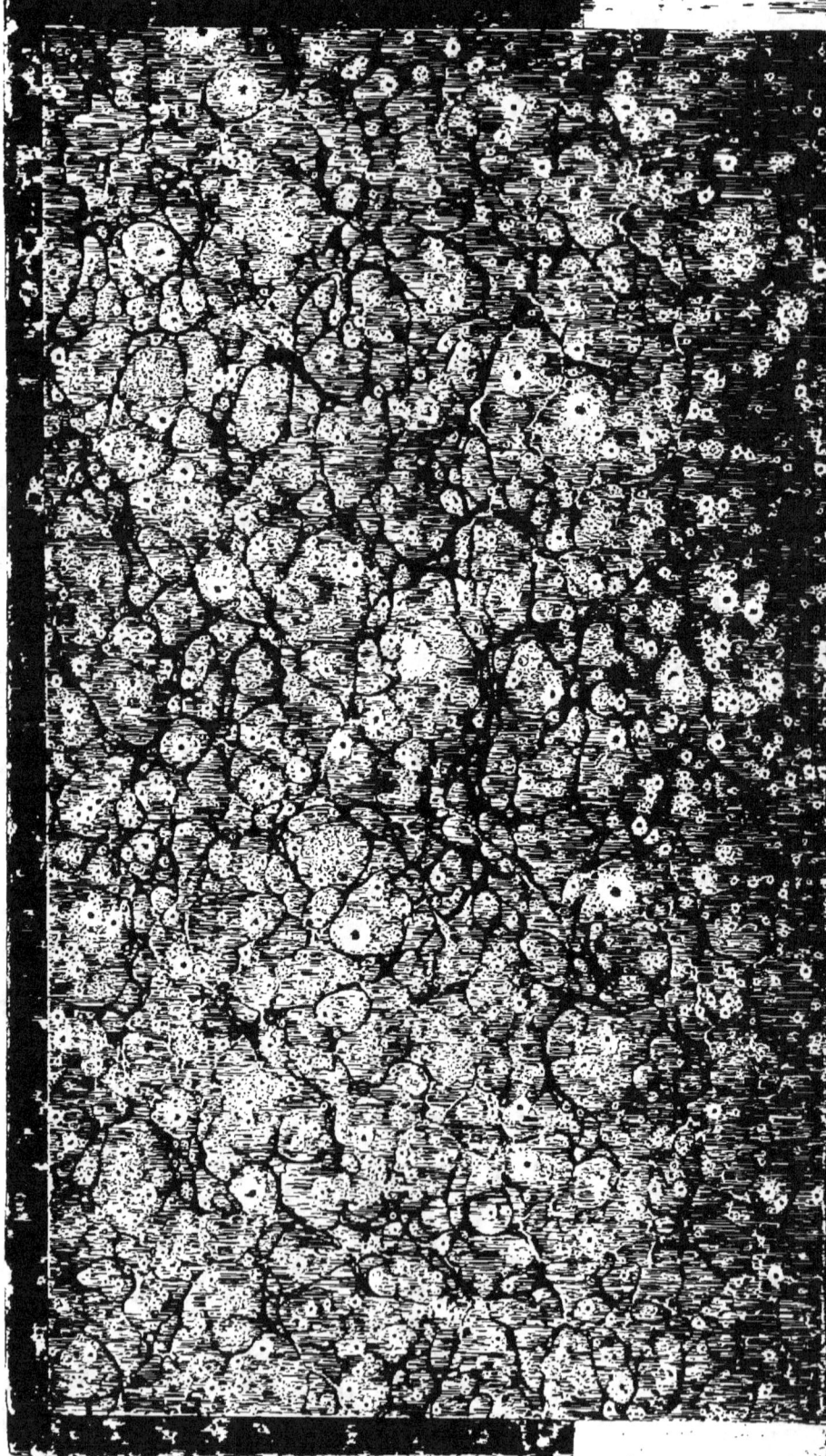

IOSUÈ CARDUCCI

Odes Barbares

Traduction JULIEN LUGOL

avec trois Lettres de l'Auteur

FAC ET SPERA

PARIS

ALPHONSE LEMERRE, ÉDITEUR

27-31, Passage Choiseul, 27-31

M D CCC LXXXVIII

ODES BARBARES

L'AN MDCCCLXXXVIII

Il a été tiré de cet ouvrage 25 exemplaires de haut luxe sur très fort Hollande, signés et numérotés de 1 à 25 (1) au prix de 10 fr. l'un.

(1) Adresser les demandes au traducteur, 38, rue Villebourbon, à Montauban.

GIOSUÈ CARDUCCI

Odes Barbares

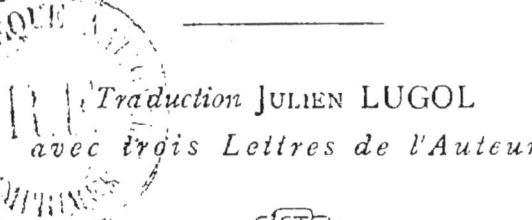

Traduction JULIEN LUGOL
avec trois Lettres de l'Auteur

FAC ET SPERA

PARIS

ALPHONSE LEMERRE, ÉDITEUR

27-31, Passage Choiseul, 27-31

MDCCCLXXXVIII

UN SIMPLE MOT *

GIOSUÈ CARDUCCI né en Toscane, il y a un demi-siècle, est un poète de premier ordre.

Il a opéré une révolution dans la poésie et la littérature italiennes. Ses œuvres sont nombreuses ; son influence est considérable. Une école littéraire qui grandit chaque jour se réclame de son nom depuis longtemps déjà célèbre en Europe.

Chez nos voisins, surtout en Allemagne — cette Allemagne que dans ses

---

* Voir les notes à la fin du volume

vers il a maudite — le chef d'école des
« *Carducciani* » est, non seulement
connu, lu, admiré, mais encore étudié,
traduit et commenté.

Dans son beau pays où fleurissent
tant d'Universités, les Universités se
disputent son enseignement; des chaires
sont spécialement créées pour lui (1).

Chez nous, c'est à peine si, dans ces
dernières années, un article de journal
ou de revue (2), une brochure, une plaquette (3) ont été publiés sur « le plus
grand poète vivant de l'Italie » ou sur
son œuvre.

Carducci mérite cependant à plus d'un
titre d'être connu de notre France « ini-
tiatrice » qu'il aime, qu'il admire (4),
et à laquelle il a consacré certaines de
ses plus belles poésies.

Ami de l'Italie dont Carducci est

« une des gloires, » c'est uniquement
dans le but de contribuer à faire connaître ce grand Italien ami de ma chère
patrie que j'ai essayé, avec son autori-
sation et sous son contrôle direct ou
indirect (5), la traduction française de
quelques-uns de ses nombreux volumes (6).

Celle des deux qui, sous ces titres
Odi barbare et *Nuove odi barbare*,
eurent à leur apparition le plus grand
retentissement, parce qu'ils inaugu-
raient une nouvelle forme métrique,
était particulièrement difficile. J'ai fait
de mon mieux pour faire fidèlement
passer dans ma prose la substance et
la forme des strophes tout en déplorant
qu'il ne me fût pas possible de laisser
même entrevoir l'harmonie et le rythme
des vers.

Que le lecteur me pardonne ma témé-rité et supplée par sa propre imagina-tion au talent qui me manque.

Montauban, le 15 janvier 1888.

JULIEN LUGOL.

TROIS LETTRES DE L'AUTEUR

AU TRADUCTEUR

ODES BARBARES

« Bologna, 11 Nov. 1884.

Mio caro Signor Lugol,

Impedito da negozii scolastici per cui dovei passare molti giorni in Roma, vi riman-do un po'tardi il manoscritto della versione delle *Odi barbare*. La ho letta con molta attenzione, con rigida attenzione. Ho notato sopra linea qualche luogo, ove era posta qualche inesattezza o dove fosse da deside-rare qualche rittocco (1). Ció per obbedirvi.

Ma il frugar per entro la versione me ne ha fatto rilevar meglio la bellisima fedeltà. La mia poesia italiana è più che contenta,

---

(1) Naturellement, les inexactitudes ont été relevées et les retouches opérées conformément aux indications de l'Auteur.

2

orgogliosa della snella ed elegante veste
francese che voi con affettuosa abilità avete
saputo fare alla sua personna.

Vi prego di ricordarmi all'amabile vostra
signorina, di presentare i miei rispetti alla
vostra famiglia e di credermi.

Aff. e obbl. vostro.

Giosuè CARDUCCI. »

NOUVELLES ODES BARBARES

« Bologna, 20 Sett. 1886.

Caro amico,

Sono stato fuori di Bologna, su le Alpi,
lungo tempo : ora sono qui sopracarico di
lavori scolastici in corso di pubblicazione e
di uffici governativi. Dunque contentatevi,
vi prego, di poche righe. Vi mando i due
primi quaderni della vostra versione bellis-
sima. Ho fatto qualche appunto e qualche
breve nota. A giorni vi manderò il resto. —
Mi rallegro delle nozze di vostra figlia e fac-
cio auguri buoni.

Vi stringo cordialmente la mano, e sono
vostro.

Giosuè CARDUCCI. »

« Bologna, 3 Febb. 1887.

Caro amico,

Un po' tardi, ma con diligenza scrupulosa rivedute da madama Gargiolli e da me, eccovi le *Odi barbare* degli ultimi due quaderni.

Ricevei la « Revue Rose » e vi ringrazio. Vi ringrazio di tutto, e ammiro la pazienza intelligente e felice con laquale vi siete adoperato a rendere nel vostro bel francese le cose mie, che in certi tratti avrei credute intraducibili.

Vi saluto cordialmente. Vostro.

Giosuè CARDUCCI. »

ODES BARBARES

ODES BARBARES

PRÉLUDE

Je hais la poésie en usage aujourd'hui ;
complaisante, elle abandonne au premier
venu ses flancs sans vigueur, et sans tres-
saillement sous les habituels baisers s'étend
et dort.

A moi la strophe alerte au pied rhythmi-
que, bondissant dans les chœurs au bruit des
applaudissements ; je la saisis au vol par le
bout de son aile ; elle se retourne et résiste.

Telle sous les étreintes d'un sylvain amoureux la bacchante se tord sur le neigeux
Edon; comprimés, les appas de son sein
plantureux se redressent plus beaux ;

Les baisers, les hauts cris sur son ardente
lèvre se mêlent ; son front marmoréen resplendit au soleil, et, dénouée, sa chevelure
comme une longue vague frémit au vent.

IDÉAL

Depuis qu'un doux parfum d'ambroisie exhalé de ta coupe m'enveloppa, ô Hébé, qui, d'un pas de déesse, t'enfuis ensuite en souriant,

Je ne sens plus sur ma tête peser la nuit des temps ou les pensers funèbres. Je sens, ô Hébé, la vie hellénique couler paisiblement dans mes veines.

Et les jours écoulés sur le déclin d'une époque néfaste ont reparu ardemment désireux, ô Hébé, de briller de nouveau dans ta douce lumière ;

Et les nouvelles années sortent soudain de l'ombre, le front haut, ô Hébé, sous ton rayon qui jaillit frémissant et, rose, les salue.

3

Car, aux uns comme aux autres, brillante étoile, tu souris du haut des cieux. Telle sur les cathédrales gothiques, entre les flèches élancées, noires et blanches qui surgissent —

En double file marmoréenne vers le ciel, calme, se tient en haut du plus haut faîte, la douce enfant de Jessé entourée d'étincelles d'or.

Aérienne, elle contemple les villages et la plaine verdoyante sillonnée de ruisseaux argentés, les moissons ondulant dans les champs, la neige éclatante rayonnant sur les Alpes ;

Et autour d'elle flottent les nuages ; et, resplendissant au-dessus des nuées, elle sourit aux joyeuses aubes de mai comme aux tristes couchers de soleil de novembre.

FANTAISIE

Tu parles, et cédant lentement au charme de ta voix, l'âme s'abandonne aux flots enchanteurs de tes discours et vogue vers les plages étrangères.

Elle vogue dans une tiédeur de soleil couchant qui sourit aux solitudes azurées ; entre le ciel et la terre volent de blancs oiseaux, passent de vertes îles,

Et sur les rochers escarpés les temples brillent d'une blancheur de marbre dans le ciel rose du couchant, et les cyprès du rivage frémissent et les myrtes touffus exhalent leur parfum.

Emporté par les brises, ce parfum erre au loin sur les flots et se mêle au chant mélancolique des marins, tandis qu'en vue du port un navire amène tranquillement ses voiles rouges.

Je vois des jeunes filles descendre de l'Acropole en longue file ; vêtues de péplons éclatants, portant autour de la tête des guirlandes, à la main des rameaux de laurier, elles tendent les bras et chantent ;

Et, après avoir planté sa lance sur le sol de la patrie, splendide sous son armure, un homme saute à terre. Serait-ce Alcée qui revient des combats vers les vierges lesbiennes ?

DANS UNE CATHÉDRALE
GOTHIQUE

Elles surgissent du sol et s'espacent en files légères, les énormes et hautes colonnes de marbre, et dans l'obscurité sacrée elles ressemblent à une armée de géants, —

Qui songe à combattre l'invisible. S'élevant d'abord paisiblement, les ogives s'élancent ensuite d'un vol rapide, puis se rejoignent inclinées et pendantes dans la voûte.

Ainsi dans les dissensions humaines, du milieu des tumultes barbares montent vers Dieu les aspirations d'âmes solitaires qui se réunissent en lui.

Ce n'est pas Dieu que je viens vous deman-
der, moi, colonnes de marbre, ogives hardies. Je frémis, mais c'est d'impatience d'entendre le bruit d'un pas connu éveiller doucement les échos solennels.

C'est Lydia; et elle se retourne, et dans le
mouvement qu'elle fait se dessine à mes yeux
sa chevelure souple aux éclatants reflets, et
sous le voile noir l'amour et le pâle visage
un instant me saluent.

Se blottissant dans le jour indécis d'une
église gothique, Alighieri, lui aussi, chercha
tout ému l'image de Dieu dans l'opaline
blancheur d'un visage de femme.

Là, sous son voile blanc rayonnait le candide front de la vierge en extase, tandis que,
ferventes au milieu de nuages d'encens, les
litanies montaient,

Montaient avec de doux murmures, avec
les joyeux frémissements d'un vol de tourte-
relles, et puis avec le hurlement des foules
désespérées qui tendent leurs bras vers le ciel.

L'orgue envoyait dans les sombres espaces
des grondements et des soupirs ; on eût dit
que du fond des blancs sépulcres les âmes
des parents disparus sous terre répondaient.

Mais des mythiques hauteurs de Fiesole,
rose, à travers les vitraux pleins d'histoires
sacrées, regardait Apollon ; sur le maître-
autel les cierges pâlissaient,

Et Dante, au milieu des hymnes des anges,
voyait la vierge toscane monter en se trans-
figurant, en même temps que sous ses pieds
il entendait rugir les gouffres brûlants de
l'enfer.

Je ne vois, moi, ni les têtes angéliques
couronnées de lumière, ni les démons ; je ne
vois qu'une faible lueur qui vacille dans l'air
humide, et le froid crépuscule emplit mon
âme de dégoût.

Adieu, divinité sémitique ! La mort ne cesse
de présider à tes mystères. Tes temples, ô
roi inaccessible des esprits, proscrivent le
soleil.

Martyr crucifié, tu crucifies les hommes, tu souilles les airs de tristesse. Et cependant, les cieux resplendissent, et les champs sont pleins de sourires, et d'amour étincellent —

Les yeux de Lydia! Oh! je voudrais te voir au milieu d'un chœur de blanches vierges, Lydia, en dansant entourer l'autel d'Apollon, debout dans les rouges lueurs du soir,

Rayonner comme une statue de marbre de Paros au milieu des lauriers, et de tes mains laissant tomber des fleurs, et de tes yeux pleins d'éclairs la joie, et de ta lèvre harmonieuse un hymne de Bacchylide.

SUR LA PLACE « SAN PETRONIO »

PAR UNE SOIRÉE D'HIVER

Dans le clair ciel d'hiver surgit la sombre Bologne hérissée de clochers, et la montagne qui la domine est couverte d'une neige éclatante.

C'est l'heure calme où le soleil couchant dit adieu aux tours ainsi qu'à ton église, ô saint Pétrone !

Aux tours dont l'aile de tant de siècles effleura les créneaux, comme de ton magnifique temple elle effleura le faîte solitaire.

Le ciel brille d'un froid éclat de diamant, et comme un voile d'argent l'air glacé s'étend —

4

Sur le forum, puis, en s'évaporant, remonte
léger autour des sombres édifices qu'éleva
le bras robuste des aïeux.

Sur les hauts combles violacés le soleil
s'attarde à jeter un mélancolique regard —

Qui dans la pierre grise ou la brique rougeâtre semble éveiller l'âme des siècles,

Et dans l'atmosphère glacée éveille comme un triste désir de revoir les roses mois
de mai et les chaudes soirées embaumées de
parfums,

Du temps où les gentilles dames dansaient
au milieu de la place et les consuls rentraient
avec les rois vaincus.

Telle, en fuyant, la Muse sourit au vers
dans lequel frémit un vain désir d'atteindre
à la beauté antique.

SUR L'ADDA

Coule, sous les roses rayons du soir, coule, Adda aux flots azurés. Lydia, sur tes eaux tranquilles, vogue au coucher du soleil en compagnie du tendre Amour.

Ils voguent, et le célèbre pont s'éloigne ; et la hauteur des arches hardies diminue et bientôt se confond avec la plaine liquide qui s'élargit en murmurant.

Les remparts en ruine de Lodi s'étagent en — sombre masse fuyant sur la docile colline et sur le vert coteau. Salut, histoire des hommes !

Alors que la fureur guerrière du Romain et celle du Barbare rugirent dans de meur-trières rencontres, et que la rage vengeresse de Milan mit l'Italie en feu,

Tu descendais encore d'un cours tranquille avec un solennel murmure, ô Adda, du Larius vers l'Eridan à travers de paisibles pâturages.

Lorsque, prenant dans sa jeune et faible main le destin de deux siècles, le pâle Corse passait au milieu de la mitraille sur le pont disputé,

Tu emportais en les noyant dans tes ondes des flots de sang et celtique et teuton, ô Adda ; sur tes eaux frémissantes la fétide fumée de la poudre se dissipait ;

. Les derniers tonnerres des canons français s'éteignaient dans les poitrines ouvertes : le bœuf candide, épouvanté, fuyait les limpides lavoirs.

Où est maintenant l'aigle de Pompée ? Où sont les aigles de l'épineux seigneur de Souabe et du Corse au pâle visage ? Toi, tu coules toujours, ô clair Adda aux ondes bleues.

Ah! coule sous les roses feux du soir, coule,
Adda aux flots azurés ; Lydia, sur tes eaux
tranquilles, vogue au coucher du soleil en
compagnie du tendre Amour.

Sous l'olympique sourire de l'air, la terre
palpite, chaque onde s'échauffe, et, frémissante, se soulève gonflée d'amours resplendissants.

La moite vapeur qui s'exhale des jeunes
prés se répand sur la plaine liquide, les eaux
se brisent mollement contre les bords avec
un bruit de rires et de gémissements,

Et la barque glisse, légère ; entre ses rives
fertiles coule le fleuve magnifique ; les grands
arbres dans la campagne apparaissent et
passent ;

Et sous les arbres, sur les haies en fleur,
à travers les bandes dorées et roses se poursuivent les oiseaux qui, joyeux, confondent
leurs amours.

Coule sous les feux roses du soir, coule,
Adda aux flots azurés : Lydia vogue sur le
fleuve tranquille et l'Amour inonde les airs
d'ambroisie.

A travers de gras pâturages, sous les rayons
du soleil d'or, tu descends pour t'aller mêler
à l'Eridan ; infatigable, l'astre du jour se précipite sous l'horizon.

O soleil, ô limpide Adda, l'âme derrière
vous vogue à travers un Elysée. Où les nô-
tres, ô Lydia, et notre réciproque amour
iront-ils bien se perdre ?

Je ne le sais ; mais, en attendant, j'aime à
me perdre loin des hommes dans le languis-
sant regard de Lydia où flottent des désirs
et des mystères inconnus.

A LA STATION

PAR UN MATIN D'AUTOMNE

Oh ! ces lanternes, comme elles se poursuivent paresseusement, là-bas, derrière les arbres, en laissant à travers les rameaux d'où dégoutte la pluie tomber avec ennui sur la boue leur blafarde lumière !

Plaintive, aiguë, perçante siffle auprès la locomotive. Le ciel de plomb d'un gris matin d'automne tout alentour s'étend comme un fantôme immense.

Quel voyage vont donc entreprendre et dans quel but, ces gens qui, enveloppés de leur manteau, courent silencieusement prendre place dans les sombres voitures ? Vers quelles douleurs inconnues vont-ils ou bien vers quels tourments d'espérance lointaine ?

Toi aussi, Lydia, tu livres ton billet au dur poinçon du contrôleur et au temps qui s'envole les instants écoulés comme les souvenirs de tes jeunes années.

Encapuchonnés de noir, les visiteurs du train vont et viennent comme des ombres le long du sombre convoi tenant d'une main une pâle lanterne et de l'autre un marteau de fer; et les frettes —

Des roues éprouvées rendent un son strident, long et lugubre, auquel répond du fond de l'âme un écho de douloureux ennui qu'on prendrait pour un spasme;

Le bruit des portières violemment refermées fait l'effet d'une injure, le dernier appel qui, rapide, résonne a l'air d'une ironie; la pluie à grosses gouttes crépite sur les vitres.

Conscient de la force enfermée dans ses flancs métalliques, le monstre enfin souffle, s'ébranle, halète, ouvre tout grands ses yeux de flamme et à travers l'obscurité lance un immense sifflement qui paraît défier l'espace.

Il part, le cruel monstre, et d'un train in-
fernal en agitant ses ailes il emporte avec
lui mes amours... La face pâle, hélas! et le
beau voile en saluant disparaissent dans les
ténèbres.

Oh! le charmant visage à la pâleur rosée!
Oh! les yeux éclatants au tranquille regard!
Oh! parmi les cheveux tombant en longues
boucles le front candide et pur doucement
incliné!...

La vie frémissait dans les airs attiédis et
l'été rayonnait alors qu'ils me sourirent, et le
jeune soleil de juin de ses rayons se plaisait
à baiser —

Au milieu des reflets de beaux cheveux
châtains sa délicate joue, et, plus beaux que
le soleil lui-même, mes rêves entouraient
comme d'une auréole sa gracieuse personne...

Sous la pluie maintenant, à travers les
ténèbres, je m'en retourne et voudrais me
confondre avec elles. Je chancelle comme
si j'étais ivre et je me tâte pour me bien as-
surer que je ne suis pas moi-même un fantôme.

5

Oh! quelle chute de feuilles glacée, inces-
sante, silencieuse, s'entasse lourdement sur
mon âme! Il me semble que seul et pour
l'éternité sur l'univers règne Novembre.

Eh bien! mieux vaut pour qui n'a plus le
sentiment de l'être, mieux vaut cette ombre
et cette obscurité. Je veux, oui, je veux dès
ce jour me plonger dans un dégoût de tout
qui n'ait jamais de fin.

RUIT HORA

O verte solitude convoitée, loin du bruit
des humains ! Là viennent avec nous deux
divins amis : le vin et l'amour, ô Lydia.

Comme dans le cristal limpide sourit
Bacchus éternellement jeune, et comme dans
tes yeux, charmante Lydia, l'amour apparaît et triomphe !

Le soleil descendant vers l'horizon se
glisse à travers la treille et, rose, se réfléchit
dans mon verre ; en rayon d'or il brille et
frémit dans ta chevelure, ô Lydia.

Parmi tes noirs cheveux, ô blanche Lydia,
gît une languissante rose, et une douce tristesse
tempère tout à coup les ardeurs de l'amour.

Dis-moi : Pourquoi sous le ciel enflammé du soir la mer pousse-t-elle là-bas de mystérieux gémissements ? Quels sont les chants, ô Lydia, que les uns aux autres se murmurent ces pins !

Vois avec quelle ardeur ces collines tendent leurs bras vers le soleil qui descend sous l'horizon ; l'ombre monte et les entoure ; elles semblent solliciter un dernier baiser, ô Lydia.

Moi, lorsque l'ombre m'enveloppe, je sollicite tes caresses, ô Bacchus, dispensateur de joie ; je sollicite tes regards, resplendissante Lydia, si le soleil précipite sa course.

Et l'heure précipite son vol. O bouche rose, entr'ouvre-toi ; ô fleur de l'âme, ô fleur du désir, entr'ouvre ton calice ; ouvrez-vous pour me recevoir, ô bras aimés !

MORS

(PENDANT L'ÉPIDÉMIE DIPHTHÉRIQUE)

Lorsque dans nos maisons descend l'inflexible déesse, on entend de loin le bourdonnement de son vol,

Et l'ombre de l'aile qui, glacée et glaciale, s'avance répand autour d'elle un silence lugubre.

A l'aspect de cette visiteuse les hommes courbent le front, mais les cœurs féminins éclatent en sanglots.

De même, quand juillet amasse la tempête, pas un frémissement ne court dans les cimes verdoyantes des hautes forêts.

Les arbres restent immobiles comme glacés
d'effroi ; et, seul, le ruisseau fait entendre
son rauque gémissement.

Elle arrive, elle, et passe et frappe, et sans
même se retourner, elle abat les jeunes arbustes fiers de leur frondaison ;

Elle moissonne les blonds épis comme elle
arrache les vertes grappes ; elle ravit les
pieuses épouses, les gracieuses jeunes filles —

Et les enfants qui, roses sous l'aile noire,
tendent en souriant leurs bras vers la lumière et vers les jeux.

Oh ! combien tristes sont les maisons où,
sous les yeux des parents, sombre déesse,
tu éteins les jeunes vies !

Là les chambres ne retentissent plus de
rires, de joyeux cris et de babil comme les
nids d'oiseau pendant le mois de mai ;

Là ne sont plus le gai murmure des crois-
santes années, les sollicitudes de l'amour, les
danses qui suivent l'hymen ;

Mais là les survivants vieillissent dans l'ombre, l'oreille tendue au bruit de ton retour, ô déesse!

AUX SOURCES DU CLITUMNE

Hinc albi, Clitumne, greges et maxima taurus
Victima, sœpe tuo perfusi flumine sacro,
Romanos ad templa deum duxere triumphos.

VIRGILE, G. II. 146.

De la montagne couronnée de sombres
hêtres qui en murmurant ondoient au souffle
du vent, et d'où la brise emporte au loin
l'odeur des sauges et des thyms sauvages,

Les troupeaux descendent encore vers toi
dans les soirées humides, ô Clitumne ; le
jeune Ombrien baigne dans ton onde l'indo-
cile brebis, tandis que,

Du sein de la mère hâlée par le soleil qui,
pieds nus, est assise sur le seuil de la chau-
mière et chante, un enfant à la mamelle
vers lui se tourne et, le visage épanoui, lui
sourit ;

Les hanches couvertes d'une peau de chèvre,
comme les faunes antiques, pensif, le père
dirige le charriot peint de diverses couleurs
et la vigueur des beaux taureaux,

Des beaux taureaux à la large encolure,
aux cornes se dressant en croissant sur le
front, aux yeux pleins de douceur, au pelage
de neige, pareils à ceux qu'aimait le doux
Virgile.

Cependant, les sombres nuages passent
sur l'Apennin ; grande, austère, verdoyante,
du haut des montagnes qui graduellement
s'abaissent autour d'elle, l'Ombrie observe.

Salut, ô verte Ombrie, et toi, divinité de la
source limpide, ô Clitumne ! Je sens la patrie antique frémir dans mon cœur et sur
mon front brûlant planer les dieux de l'Italie.

Qui donc de saules-pleureurs ombragea tes
eaux sacrées ? Que le vent de l'Apennin t'arrache du sol, ô plante sans vigueur, délices
des temps sans fierté !

Qu'ici lutte contre les hivers, et, lorsque
Mai palpite, frémisse aux mystérieuses lé-

gendes, le chêne vert dont le lierre revêt le tronc de joyeuse jeunesse ;

Qu'ici, gardiens géants, se tiennent autour de la divinité jaillissante les cyprès à l'épais feuillage, et toi, dis sous leur ombre, ô Clitumne, tes fatidiques chants ;

Dis, ô témoin de trois empires, dis comment dans leurs luttes le grave et cruel Ombrien céda sous les coups du vélite armé de la lance et comment s'agrandit la vaillante Etrurie.

Dis comment, du mont Ciminien surmonté, Mars plus tard descendit sur les villes confédérées pour arborer au milieu d'elles les fiers insignes de Rome.

Mais, ô indigète divinité que l'Italie révère, tu soumettais les vainqueurs aux vaincus, et quand sur le lac de Trasimène éclata la fureur punique,

De tes cavernes sortit un cri que, du haut des montagnes, répercuta la trompe recourbée : O toi qui pais tes bœufs près de la brumeuse Mevania,

Et toi qui laboures les collines descendant vers la rive gauche du Nar, et toi qui abats les vertes forêts au-dessus de Spolète ou qui célèbres tes noces dans la belliqueuse Todi,

Laisse le bœuf déjà gras au milieu des roseaux, laisse à moitié sillon le taureau au poil fauve, laisse le coin de fer dans le chêne abattu, laisse à l'autel ta fiancée,

Et cours, cours, cours ! Cours armé de la hache et du javelot, de la lance ou de la massue ; cours ! le féroce Hannibal menace les pénates italiques !

Oh ! de quelle radieuse lumière le soleil brilla dans ce cirque de belles montagnes, lorsque la haute Spolète vit, hurlant et fuyant débandés,

Les Maures géants et les chevaux numides tomber affreusement mêlés, et sur eux pleuvoir une averse de fer, des flots d'huile brûlante et les chants du vainqueur !

Tout maintenant se tait. Au fond du gouffre tranquille, je vois jaillir la mince source ;

elle frémit et d'un léger bouillonnement ride
le pur miroir de l'eau ;

Une minuscule forêt, ensevelie dans l'abîme,
pousse immobile ses rameaux ; il semble que
le jaspe se mêle à l'améthyste en ondulants
reflets —

Et les fleurs qu'on dirait de saphir ont, de
même que les rayonnements rigides, le froid
éclat du diamant, et semblent convier aux
solitudes du fond vert.

Au pied des montagnes et à l'ombre des
chênes se trouve comme celle des fleuves, ô
Italie ! la source de tes chants. Là vécurent
les nymphes ; elles y vécurent, et pour elles
ce fleuve fut une divine couche nuptiale.

Les longues naïades bleues émergeaient
dans leurs voiles flottants, et par les calmes
soirées appelaient à voix haute leurs brunes
sœurs régnant dans les montagnes,

Puis, sous la lune qui montait, gui-
daient gaiment les danses en chantant en
chœur les louanges de l'immortel Janus, et

disant combien le subjugua l'amour de Ca-
masène.

Lui venait de l'Olympe ; elle était une robuste femme du pays. L'Apennin nuageux
leur servit de couche ; les orages voilèrent
leur long embrassement, et le peuple italien naquit.

Tout maintenant se tait, ô solitaire Clitumne, tout ; de tes temples magnifiques
un seul reste debout, et, drapé dans la pré-
texte, tu ne trônes plus au fond du sanctuaire.

Les taureaux baignés dans tes ondes sacrées n'apportent plus, victimes orgueilleu-
ses, les trophées romains aux temples des
aïeux : Rome ne triomphe plus ;

Elle ne triomphe plus depuis qu'un Gali-
léen aux blonds cheveux montant au Capitole
lui jeta dans les bras sa croix en disant : —
Charge-toi d'elle et sois esclave.

Les nymphes allèrent en pleurant se ca-
cher dans les fleuves, rentrèrent dans le sein
maternel, ou, poussant de longs cris, se dis-

persèrent ainsi que des nuages au-dessus des montagnes —

Le jour où une étrange procession d'êtres enveloppés de noires cagoules, à travers les blancs temples dépouillés et les colonnades brisées, s'avança en chantant des litanies,

Et sur les champs retentissant du travail de l'humanité et sur les collines qui avaient commandé au monde fit le désert, et baptisa le désert règne de Dieu.

Ces êtres arrachèrent les populations à la sainte charrue, aux vieux parents, aux florissantes épouses qui les attendaient ; partout où le divin soleil répandait ses bénédictions, ils fulminèrent l'anathème,

L'anathème à l'œuvre de la vie et de l'amour ; ils rêvèrent d'atroces accouplements de la douleur avec Dieu sur les rochers et dans les grottes ;

Ivres de dissolution, ils descendirent dans les villes, puis, tournant affolés autour du Christ, ils le supplièrent, ces impies, de leur ôter toute fierté.

Salut à toi, qui te montras, ô âme humaine,
si sereine aux abords de l'Ilissus et si droite
et si fière sur les rives sublimes du Tibre ! _
Les sombres jours ont disparu. Renais et
règne.

Et toi, pieuse mère des taureaux qui ne
sont jamais las de labourer la glèbe ou de
rentrer les foins, ainsi que des chevaux hen-
nissant d'ardeur dans les combats, Italie,

Productrice et de blés et de vin et de _
lois éternelles et de beaux arts qui font la
vie plus douce, salut ! Je fais pour toi revi-
vre les antiques chants qui célébraient tes
louanges.

Les monts, les bois, les eaux de la verte
Ombrie applaudissent, tandis que devant
nous, fumant, haletant, et sur son passage
faisant partout surgir de nouvelles industries,
va, vole et siffle la vapeur.

A LA VICTOIRE

(AU MILIEU DES RUINES DU TEMPLE
DE VESPASIEN, A BRESCIA)

Agitas-tu, Vierge divine, ton aile favorable au-dessus des casques inclinés des peltastes qui attendaient l'ennemi le genou au bouclier et la lance en arrêt ?

Ou bien volas-tu au devant des aigles, devant le flot des soldats marses, repoussant par ton éclat incomparable les hennissants coursiers des Parthes ?

Maintenant, les ailes repliées, le pied nerveux fièrement appuyé sur le casque du vaincu, quel nom de capitaine victorieux es-tu en train d'inscrire sur le bouclier ?

Est-ce celui d'un archonte qui proclama meilleures que celles des tyrans les lois sacrées des hommes libres ? Ou bien d'un consul qui porta plus loin le nom, les frontières et la terreur de l'empire ?

Je voudrais te voir sur les Alpes, splendide au milieu des tempêtes, dire aux siècles futurs : « Peuples de la terre, l'Italie est venue ici en vengeant et son nom et le droit. »

Cependant, des tristes fleurs qu'octobre fait épanouir sur les ruines romaines, Lydia te tresse pieusement une couronne et la déposant doucement à tes pieds :

— A quoi donc — dit-elle — à quoi donc chère Vierge, as-tu pensé, durant tant d'années, là, sous la terre humide ? Entendis-tu le pas des coursiers de la Germanie retentir sur ta tête grecque ?

— Je l'entendis — répond la déesse, et ses yeux lancent des éclairs, — car je suis la gloire hellénique et la force du Latium qui dans le bronze traverse les siècles ;

Semblables aux douze vautours qu'entrevit Romulus, sombres passèrent les époques, et je surgis du sol en m'écriant :

7

« O Italie, tes morts et tes divinités sont encore avec toi ! »

Et tout heureuse de son destin, me recueillit Brescia, Brescia la vaillante, la belliqueuse Brescia, Brescia la lionne italienne qui s'abreuva du sang ennemi.

DEVANT LES THERMES

DE CARACALLA

♦

De sombres nuages courent entre le mont
Cœlius et l'Aventin ; un vent humide souffle
de la triste campagne ; à l'horizon se dres-
sent les monts albains tout blancs de neige.

Rejetant en arrière le voile vert flottant
sur ses cheveux cendrés, une Anglaise cherche dans un livre l'explication de ces murailles
romaines qui menacent et le ciel et le temps.

En troupe épaisse, croassante, les noirs
corbeaux, allant, venant sans cesse comme
les vagues de la mer, s'abattent sur les deux
murs énormes que ne troubleraient pas de
plus altiers défis.

— Vieux géants, — semble dire en fureur
l'augurale volée — pourquoi tenter le ciel ?—

Apporté par la brise, arrive de Latran un grave son de cloche,

Et un Ciociaro (1), enveloppé dans son manteau et sifflant gravement dans sa barbe touffue, passe sans regarder. Divinité qui règnes en ces lieux, ô Fièvre, je t'invoque,

S'ils te furent chers les grands yeux pleins de larmes et les bras tendus des mères te suppliant, ô déesse, du chevet de leurs enfants abattus ;

S'il te fut cher l'antique autel élevé en ton honneur sur le mont Palatin (le Tibre effleurait encore la colline d'Evandre, et voguant le soir entre le Capitole —

Et l'Aventin, le quirite de retour dans ses foyers levait les yeux vers la ville forte éclairée par le soleil, et lentement murmurait un chant saturnien ;)

— O Fièvre, écoute-moi. Fais d'ici disparaitre les hommes nouveaux et leurs mesquines préoccupations : ici, l'horreur est sainte ; la Rome divine repose en ces lieux....

(1) Habitant de la Ciociaria.

La tête appuyée contre le Palatin auguste,
et les bras ouverts du Cœlius à l'Aventin,
elle étend par la porte Capène sur la voie
Appienne ses robustes épaules.

LE XXI AVRIL DE L'AN MMDCXXX

DE LA FONDATION DE ROME

Avril couronné de fleurs pourpres te vit
sur la colline surgir du sillon de Romulus,
regardant d'un œil terrible les campagnes
sauvages ;

Superbe, immense, après une longue suite
de siècles, avril t'inonde de rayons, et le soleil et l'Italie te saluent, ô Rome, ô mère,
orgueil de notre race !

Bien que la vierge ne monte plus silencieuse, derrière le pontife, au Capitole, et
que le triomphe n'incline plus sur la voie sacrée les quatre chevaux blancs,

La solitude de ton Forum surpasse toute
renommée et toute gloire, et tout ce que le
monde renferme de civilisé, de grand, d'auguste est encore romain.

Salut, Rome divine! Qui te méconnaît a
l'esprit cerclé de froides ténèbres et dans son
cœur criminel germent paresseusement toutes les semences de la barbarie.

Rome divine, salut! Incliné sur les ruines
du Forum, les yeux mouillés de douces larmes, je parcours et j'adore tes vestiges épars,
ô patrie, ô ma sainte, ô ma mère!

Car c'est par toi que je suis citoyen d'Italie,
et par toi que je suis poète, ô mère des Peuples qui donnas ton esprit au monde et fis
participer l'Italie à ta gloire.

Maintenant, cette Italie dont tu fis une
nation d'hommes libres, revient à toi; ses
enfants, le regard fixé sur tes yeux d'aigle,
s'embrassent sur ton sein...

Et de la fatale colline, à travers le Forum
silencieux, tu tends, toi, tes bras marmoréens
à la fille libératrice en lui montrant les colonnes et les arcs;

Les arcs qui attendent de nouveaux triomphes; et non plus des triomphes de rois, d'em-

pereurs, non plus des chars d'ivoire chargés de chaînes torturant des bras humains;

Mais, ô Peuple italien, ton triomphe sur l'époque sombre, sur l'âge barbare, sur les monstres dont avec une imperturbable justice tu délivreras les nations.

O Italie, ô Rome! ce jour-là le ciel serein tonnera sur le Forum et des hymnes de gloire, de gloire sans fin se répandront dans l'azur infini.

ADIEU

A LA RIME

Rime, salut ! Le trouvère, avec grand art,
te poursuit sur le papier ; mais tu brilles, tu
scintilles, tu jaillis du cœur du peuple.

Oh ! comme décochée entre deux baisers,
dans les enchaînants tourbillons de la danse,
tu accordes, dans deux tours, deux soupirs
de regret ou d'espérance !

Comme, joyeuse, par une sereine soirée,
tu t'échappas des robustes poitrines, alors
qu'avec trois notes le pied des moissonneurs,
dans trois chœurs frappa le sol !

Comme dans les airs tu proclamas d'une
façon horrible la supériorité des vainqueurs,
tandis que les lances sanglantes retentissaient
sur le fer des boucliers !

Tu entendis Roncevaux se fendre sous l'épée de Roland; et soufflant dans l'olifant, tu remplis nuit et jour le val de ce grand nom.

Te suspendant ensuite à la crinière raide et noire de Babieca qui galope, et montant sur sa croupe, tu entonnes, audacieuse, au milieu des gonfanons, le romancero du *Cid;*

Puis, à la belle onde du Rhône livrant ta souple chevelure couverte de poussière, tu t'en vas défier les doux rossignols qui chantent solitaires dans les vergers de Toulouse.

Voilà; tu as mis la voile d'amour à la poupe du navire de Rudel, et jusque sur les lèvres de la comtesse tu portes l'ardent baiser de son amoureux expirant.

Retourne donc, reviens ici; l'austère et pieux Dante te convie à visiter d'autres rivages; il descend avec toi dans l'Enfer, et le mont éternel en tournoyant s'élève jusqu'à Dieu.

Salut, ô belle souveraine, heureuse reine du mètre latin! Un rebelle, après t'avoir vaincue, te salue et devant toi s'incline librement.

Souci et gloire de mes pères, tu m'es, tout comme à eux, sacrée et chère. Rime, salut à toi ! Maintenant donne-moi pour l'amour une fleur comme une flèche pour la haine.

NOTE

J'ai tenu à prendre congé du lecteur par
une ode à la rime, justement pour montrer
qu'en écrivant ces odes je n'ai entendu livrer
aucune bataille, grande ou petite, heureuse
ou malheureuse, à cette antique et glorieuse
compagne de la poésie néo-latine. Et ces
Odes, je leur ai donné le titre de barbares,
parce que barbares elles paraîtraient aux
oreilles comme à l'esprit des Grecs et des
Romains, bien que je me sois efforcé de les
composer dans la forme métrique de leurs
vers, — et aussi parce qu'elles ne le paraî-
tront que trop à un très grand nombre de
mes compatriotes, quoiqu'elles soient faites
de vers harmonisés conformément à la pro-
sodie italienne. Et je les ai composées ainsi

parce que, ayant à exprimer des pensées et
des sentiments différents, à mon avis, de
ceux que Dante, Pétrarque, Politien, le Tasse,
Métastase, Parini, Monti, Foscolo et Léo-
pardi (je ne cite que les lyriques) conçu-
rent et exprimèrent originalement d'une façon splendide, il m'a semblé que je pouvais
rendre ces sentiments et ces pensées dans
une forme métrique moins discordante de
celle qu'ils prenaient naturellement en sur-
gissant dans mon esprit. S'il fut permis à
Catulle et à Horace de transporter dans la
langue latine, qui en avait déjà lui appar-
tenant en propre, des rythmes de la poésie
éolienne ; si Dante put, de *care rime* proven-
çales enrichir la poésie toscane ; si Chiabrera
et Rinuccini purent à leur tour l'enrichir de
strophes françaises, je devrais, en toute justice, avoir le droit d'espérer qu'il me sera
au moins pardonné ce qui a été loué chez
les grands poètes ou les versificateurs cités
plus haut. Je demande donc pardon de n'a-
voir pas désespéré de notre grande langue
italienne et d'avoir pensé qu'on pouvait faire
avec elle ce que, depuis Klopstock, les poètes allemands font très heureusement avec la
leur ; je demande pardon, enfin, d'avoir osé
mettre un peu de variété dans la forme de

notre poésie moderne, qui est loin d'en avoir
autant que certains affectent de le croire. Ces
velléités, je le sais mieux que personne, sont
de ma part d'autant plus inopportunes et im-
portunes aujourd'hui que, aux yeux du véri-
table historien qui désormais doit, gloire et
tourment de notre siècle, embrasser toute la
sphère d'activité de la pensée humaine, la
Poésie (que mes lecteurs me pardonnent aussi
cette funèbre pensée), la Poésie est en train
de rendre le dernier soupir. A certaines époques de la civilisation, à certains âges des
peuples dans tous les pays, certaines produc-
tions disparaissent, certaines facultés organi-
ques cessent d'exister. L'épopée est déjà depuis longtemps enterrée ; violer le sépulcre
de cette morte illustre pour discourir sur elle,
alors même que ce ne serait pas un indice
de mauvais goût, n'a rien d'amusant. Le dra-
me agonise et les trop nombreux médecins
qui le soignent ne le laissent même pas
mourir en paix. La poésie lyrique, étant donnée son individualité, semble seule résister et
pourra vivre quelque temps encore, à la con-
dition toutefois qu'elle demeure un art. Si
elle en vient à n'être plus qu'une sécrétion
de la sensibilité ou de la sensualité de tel ou
tel ; si elle s'abandonne à tous les relâche-

ments et à toutes les licences hors nature que
la sensualité et la sensibilité se permettent,
alors elle sera, la malheureuse, comme si elle
n'était pas ; on pourra, quand et comme on
voudra, la mettre en prose, l'affubler de toutes les proses, et notre siècle en a beaucoup.

Déjà depuis un bout de temps on s'est mis
à en faire dans des mètres prétendus libres.
Mais le fait seul d'avoir adopté cette forme
récitative ou descriptive sans strophes, avec
des rimes à volonté, est une preuve que, de
la vraie poésie lyrique (les pièces de Léopar-
di ainsi versifiées ne sont pas à proprement
parler de la poésie) on a perdu toute notion.
Les peuples véritablement poètes, les époques véritablement poétiques ne connaissent
pas une telle métrique. Il suffit de dire, d'ail-
leurs, qu'en France ces formes furent les
formes préférées de cette stupide poésie du
règne de Louis XVI et du premier Empire,
qui finit avec Delavigne. La Poésie-lyrique
poussive, ventrue, en robe de chambre,
débraillée et en pantoufles : Fi donc !

> Point de contraintes fausses !
> Mais que pour marcher droit
>   Tu chausses,
> Muse, un cothurne étroit !

Fi du rythme commode
Comme un soulier trop grand,
      Du mode
Que tout pied quitte et prend !

C'est ainsi que Théophile Gautier admo-
nestait la Muse française. Incliné sur le
pied de la Muse italienne, je commence,
moi, par le baiser avec une respectueuse
tendresse ; puis, je m'efforce de lui essayer
les cothurnes saphiques, alcaïques ou asclé-
piades, que sa divine sœur portait pour
guider les chœurs sur le marbre de Paros
des temples doriques se réfléchissant dans
la mer d'où sortirent Aphrodite et Apollon.

Mais je me rappelle avoir plus haut présenté
la Poésie comme étant dans un état désespéré et prête à rendre l'âme. Or, essayer
des chaussures à une moribonde, n'est certainement la chose ni la plus opportune, ni
la plus sensée, ni la plus agréable du monde. Un autre laisserait entendre que c'est là
une contradiction d'amoureux. Moi, je dis
simplement que n'ayant plus rien à ajouter,
j'ai voulu finir par une image, comme le doit
tout auteur ou orateur qui a tant soit peu de
respect de lui-même, de l'art et du public.
Je ferai encore remarquer ceci, c'est que

tout le premier je bavarde, au lieu de faire de la poésie. Il est fort possible, ô peu bienveillant lecteur, que tu sois au moins d'accord avec moi sur ce point.

Massa lunense, 13 juin 1877.

NOUVELLES ODES BARBARES

NOUVELLES
ODES BARBARES

A L'AURORE

Tu surgis, ô déesse, et de ton haleine rosée
tu caresses les nuages, tu caresses les sombres faîtes des temples de marbre.

La forêt qui te sent, s'éveille en frissonnant
et, plein d'une joie rapace, le faucon prend
son essor et monte dans les airs,

Pendant que, sous l'humide feuillée, les nids jaseurs gazouillent et que la grise mouette jette son cri sur la mer violacée.

Les premiers, dans la plaine pénible à travailler, se réjouissent de te voir les fleuves scintillant à travers le bruyant feuillage des peupliers.

La tête haute et la crinière au vent, le poulain alezan galope des pâturages vers les hautes sources en jetant fièrement ses hennissements dans l'espace ;

Des chaumières répond la forte voix vigilante des chiens et toute la vallée retentit de vigoureux mugissements...

Mais l'homme que tu éveilles, pour qu'il use sa vie au travail, ô déesse antique, ô déesse éternellement jeune.

Encore tout rêveur t'admire, de même qu'autrefois, debout sur la montagne au milieu des blancs troupeaux, t'adoraient nos nobles ancêtres ariens ;

Et sur les ailes du frais matin revole en-

core cet hymne que nos pères te chantaient
appuyés sur leurs longs bâtons :

— « Après avoir brisé la porte des étables
de ta jalouse sœur, pastourelle du ciel, tu
ramènes au firmament les vaches rouges ;

Tu pousses ces vaches rouges devant toi, et
devant toi tu pousses aussi le blanc trou-
peau, de même que les blondes cavales chères aux deux jumeaux Asvins (1).

Ainsi qu'une jeune femme qui, au sortir
du bain, les yeux allumés d'un amoureux désir, accourt vers son époux,

Tu laisses en souriant tomber tes gracieux
voiles, et, sereine, tu découvres à la face des
cieux tes virginales formes.

Les joues enflammées et le sein palpitant,
tu cours vers le souverain des mondes, vers
le resplendissant Suria (2),

Et tu l'atteins, et tu étends en arc tes bras

(1) Castor et Pollux.
(2) Le Soleil.

rosés autour de son robuste cou. Puis, tout à coup, tu fuis ses terribles regards.

Alors les deux jumeaux Asvins, célestes cavaliers, toute rose et tremblante, t'accueillent dans leur beau char doré ;

Et, rebroussant chemin, tu retournes vers l'endroit où, lorsqu'il a terminé sa glorieuse carrière, le dieu las te recherche au milieu des mystères du soir.

« Oh ! — s'écriaient en t'invoquant nos pères, — sois-nous propice alors que tu t'envoles dans ton rougeâtre char par-dessus nos maisons.

Arrive-nous des bords de l'Orient avec la bonne fortune et les riches moissons et le lait écumant,

Et que, dansant les cheveux dénoués au milieu des jeunes taureaux, une nombreuse génération t'adore, ô bergère du ciel ! »

Ainsi chantaient les Ariens. Mais tu préféras l'Hymette qui, rafraîchi par vingt sour-

ces, embaume l'air des cieux de l'odeur de
ses thyms ;

Et sur l'Hymette tu préféras les agiles
chasseurs mortels foulant la rosée de leur
pied chaussé du cothurne.

Les cieux s'abaissèrent, une douce clarté
vermeille plana sur la forêt comme sur le
coteau quand tu descendis, ô déesse ;

Mais, ô déesse, non, ce n'est pas toi qui
descendis ; c'est Céphale, beau comme un
beau dieu, qui, attiré par ton baiser, monta
légèrement vers toi sur l'aile de la brise.

Il y monta sur les vents amoureux au milieu des parfums suaves, au milieu des noces
des fleurs, parmi les hyménées des sources
vives.

Sa belle chevelure blonde ruisselle à flots
lents sur son cou ; à son épaule blanche est
par un baudrier rouge pendu son carquois
d'or ;

Son arc tombe sur l'herbe, et le fidèle Læ-
lape, immobile et le museau dressé, regarde
dans les airs monter son maître.

10

Oh ! baisers embaumés d'une immortelle à travers la rosée ! Oh ! ambroisie de l'amour dans le tout jeune monde !

Tu aimes donc, toi aussi, ô déesse ? Mais notre genre humain est las ; triste, ô beauté céleste, apparaît ton visage au-dessus des cités.

Les réverbères ne répandent plus qu'une languissante lueur ; une foule pâle, qui s'imagine avoir joui, rentre dans les maisons sans même te regarder.

L'ouvrier pousse, furieux, son contrevent qui grince sur ses gonds, et maudit le retour du jour qui lui ramène le servage.

Seul, peut-être, un amant qui, le cœur chaud encore de ses baisers, vient de quitter tranquillement sa douce bien-aimée,

Affronte, alerte et plein de joie, ton haleine glacée. « Emporte-moi, — dit-il, — sur ton coursier de flamme,

Aurore ! emporte-moi dans le champ des

étoiles, afin que, de là, je puisse voir la terre tout entière souriant dans ta rose lueur,

Et ma dame, étendue, aux rayons du soleil qui se lève, les cheveux noirs épars sur
son humide sein. »

SONGE D'ÉTÉ

L'heure chaude me vainquit au milieu des
batailles qui sans cesse, Homère, retentissent
dans ton poème ; ma tête, pendant que je
dormais, s'inclina sur les bords du Scaman-
dre, mais mon cœur s'envola vers la mer
Tyrrhénienne. Je rêvai... Je revis les paisibles choses vues à l'époque de mes jeunes
années. Plus de livres ! Chauffée par le soleil de juillet, emplie du bruit retentissant
des chars roulant sur le pavé de la cité, la
chambre s'élargit ; autour de moi surgirent
mes collines, mes chers coteaux sauvages
que le jeune Avril refleurissait. Sur leur pen-
chant, avec de frais murmures, descendait
un filet d'eau qui petit à petit se changeait
en ruisseau ; sur le bord de ce ruisseau se
promenait ma mère encore dans ses jeunes
années traînant par la main un petit enfant

sur les blanches épaules duquel resplendis-
saient des boucles d'or. L'enfant marchait
d'un petit pas triomphant, fier de l'amour
maternel, le cœur ému du chant de fête immense que la bienfaisante Nature entonnait.
Car du haut du clocher sonnaient les cloches
annonçant que, le lendemain, le Christ de-
vait remonter dans son ciel, et sur les monts
et dans la plaine, dans les airs, à travers la
ramure et sur les eaux courait la mélodie vi-
vante du printemps; et les pommiers et les
pêchers étaient couverts de fleurs blanches et
roses, et de fleurs jaunes ainsi que de fleurs
bleues l'herbe était au-dessous émaillée, et le
trèfle à fleurs rouges revêtait la pente des prai-
ries, et les collines se paraient de genêts aux
fleurs d'or, et une douce brise caressait toutes ces fleurs, et se chargeant de leurs parfums montait de la mer, et sur les flots
quatre voiles blanches voguaient, voguaient
en se berçant lentement sous les rayons resplendissants qui inondaient et les eaux, et
la terre, et le ciel...

La jeune mère regardait, heureuse, le
soleil. Moi, tout rêveur, je regardais ma
mère, je regardais mon frère, — celui-ci
maintenant repose au loin sur les collines
fleuries de l'Arno, celle-là dort tout près.

dans la chapelle solitaire. Tout rêveur, je les regardais, me demandant s'ils respiraient encore, ou bien si, prenant pitié de ma douleur, ils revenaient d'une plage où, parmi des visages connus, revivent les années heureuses.

Ces chères images passèrent devant mes yeux et, légères, s'évanouirent avec le sommeil... Et durant ce temps ma petite Laure emplissait la chambre de sa joie harmonieuse, et, penchée sur sa tapisserie, Béatrice continuait, silencieuse, le patient travail de l'aiguille.

SERMIONE

Voici la verte Sermione, la fleur des presqu'îles, qui sourit dans le lac transparent.

Le soleil la regarde et la caresse ; autour d'elle le Benaco ressemble à une immense coupe d'argent —

Sur le bord de laquelle court le pacifique olivier mêlé au laurier immortel.

Cette coupe resplendissante, notre mère l'Italie, les bras levés, la tend aux dieux ;

Et ceux-ci du haut des cieux, y laissent tomber Sermione, la perle des presqu'îles.

Baldo, le haut mont paternel, protège cette merveille en fronçant le sourcil,

Et le Gu a l'air d'un Titan renversé et encore menaçant tombé en combattant pour elle.

Cependant, vis-à-vis, en forme de croissant, vers elle étend à gauche ses bras blancs Salo,

Joyeuse comme une jeune fille qui, se mêlant à la danse, abandonne au zéphyr son voile et ses cheveux,

Et sourit, et, sa jeune tête couronnée de fleurs, prodigue les fleurs à mains pleines.

Là-bas tout au fond Garde dresse sa sombre forteresse au-dessus du liquide miroir —

En chantant une légende d'antiques cités ensevelies et de reines barbares.

Mais ici, Lalagé, à l'endroit où tu laisses errer ton regard et ton âme à travers une si douce magnificence d'azur,

Ici Valérius Catulle, après avoir sous les rochers luisants amarré son phasèle bithynique,

S'asseyait durant de longues journées ; et
dans l'onde phosphorescente et frémissante
il voyait les yeux de Lesbie,

Comme dans l'onde transparente il voyait
son perfide sourire et ses multiples ardeurs —

Pendant que dans les sombres impasses
elle fatiguait les reins des neveux de Romulus.

A lui, du fond des eaux, la nymphe du lac
chantait : « — Viens, ô Quintus Valérius.

Ici, dans nos grottes, descend aussi le soleil, mais blanc et doux comme Cynthie.

Ici, les incessantes agitations de votre vie
humaine font l'effet d'un bourdonnement d'a-
beilles ;

Et au milieu du froid silence les folles ardeurs et les soucis cruels s'éteignent dans un
lent oubli.

Ici règnent la fraîcheur, le sommeil ; ici

11

résonnent de douces musiques et les chants
des vierges aux yeux céruléens,

Tandis que Vesper allonge sur les ondes
son rose flambeau et que les flots gémissent
sur les rives. » —

Ah ! misérable Amour ! Il abhorre les Muses, et, se faisant lascif, il brise les poètes,
ou bien, tragique, il les éteint.

Mais contre tes yeux déclarant sans cesse
la guerre, qui peut être en sûreté, Lalagé ?

Prends aux chastes Muses trois branches
de myrte et de laurier, puis agite-les devant
le soleil éternel.   —

De Peschiera n'aperçois-tu pas les troupes
de cygnes qui, plus bas, nagent sur le Min-
cio argenté ?

Des verts pâturages consacrés à Bianor,
n'entends-tu pas les accents de Virgile ?

Retourne-toi, et te prosterne, ô Lalagé. Un

grand homme à la mine sévère apparaît sur
la tour du Scaliger.

— « Rien n'est plus merveilleux dans la belle
Italie », murmure-t-il, en souriant et regardant et l'onde, et la terre, et le ciel.

A LA REINE D'ITALIE

XX NOV. MDCCCLXXVII

D'où nous es-tu venue ? Quels sont les siècles qui t'ont transmise à nous, si aimable et
si belle? Dans lequel des chants des poètes,
où donc, un jour, ô Reine, t'ai-je vue?

Est-ce dans les forteresses escarpées, alors
que la fauve Germanie aux yeux bleus bru-
nissait sous les cieux latins ensoleillés, et
que dans les vers nouveaux retentissaient les
armes et les transports d'amour?

Les blondes vierges, alors, suivaient en
changeant de couleur le sombre rythme mo-
notone et leurs yeux noirs humides deman-
daient au Ciel grâce pour les vaillants.

Ou bien, est-ce dans la brève période où toute l'Italie fut comme un mois de mai ; où tout le peuple n'était composé que de chevaliers ? L'amour, en effet, triomphait au milieu des maisons crénelées —

Dominant les places égayées de marbres blancs, de fleurs et de soleil ; et Dante Alighieri chantait : « O nuage qui passes comme une ombre adorée, souris-nous ! »

De même que la blanche étoile de Vénus, (qui pendant le jeune Avril surgit de la cime des Alpes, et, brisant sur les neiges dorées sa tranquille lumière,

Sourit à la pauvre cabane isolée et aux vallons dans lesquels resplendit l'abondance, et, à l'ombre des peupliers, réveille les rossignols et les dialogues d'amour,)

Blonde et resplendissante, dans le diamantin éclat de ta couronne tu passes, et fier de toi, le peuple aime à te regarder comme une jeune fille qui marche vers l'autel :

L'innocente fillette, avec un sourire mêlé de larmes te contemple, et, tout émue, en te tendant les bras comme à sa grande sœur, elle t'appelle — ô Marguerite !

Et la strophe alcaïque librement née au sein des fiers tumultes, de l'aile accoutumée à braver la tempête vole vers toi, trois fois tourne autour de ta tête,

Et te dit en chantant : « Salut, ô femme illustre à qui les Grâces ceignirent la couronne et par la bouche de laquelle la charité parle un si doux langage !

A toi, si bonne à tous, salut ! aussi longtemps que dans les purs couchants d'Italie voltigeront les idéales figures de Raphaël et qu'au milieu des lauriers soupirera la chanson de Pétrarque. »

SALUT ITALIQUE

Montre en grognant les dents, Molosse (1)
tandis qu'en comptant sur mes doigts je vous
poursuis, ô antiques vers italiques, et cherche
à rappeler vos mètres dispersés —

Comme on rappelle des abeilles qui, au
rauque son du cuivre percuté, se rassemblent
en bourdonnant.

Cependant, vous vous envolez de mon
cœur, ainsi que de leur nid alpestre les jeunes aiglons aux premiers souffles du zéphire,

(1) Pseudonyme d'un journaliste batailleur du parti
modéré, qui, à diverses reprises, critiqua sans me-
sure les *Odes barbares*.

Vous vous envolez, et, inquiets, interrogez le murmure chargé d'épiques indignations et vibrant de chants héroïques —

Qu'au-dessous de vous, à travers les Alpes Juliennes et les Alpes Rhétiques, du fond de leur verdâtre lit les fleuves livrent aux vents.

Il passe comme un soupir sur le lac argenté de Garde et devient la plainte d'Aquilée en montant dans les solitudes.

Les morts de Bezecca l'entendent, et attendent : « Quand donc ? » s'écrie Bronzetti, fantôme debout dans les nuées ;

« Quand donc ! » répètent en eux-mêmes tristement les vieillards, qui, alors que leurs cheveux étaient noirs, Trente, un jour te dirent adieu?

« Quand donc ! » disent tout frémissants les jeunes gens qui, de Saint-Just, voyaient encore hier briller la glauque Adriatique.

Oh ! vers la belle mer de Trieste, vers les montagnes, vers les âmes des morts, avec l'année nouvelle, envolez-vous, antiques vers italiques !

A travers les rayons du soleil qui empourpre Saint-Pétrone, envolez-vous de Saint-Just, vers les ruines romaines !

Saluez, dans le golfe Giustinopoli, la perle de l'Istrie, et le port aux eaux vertes, et le lion de Muggia !

Saluez le divin éclat de l'Adriatique jusqu'à l'endroit où Pola montre avec orgueil ses temples dédiés à Rome et à César !

Puis, près de l'urne funéraire où, héraut des arts et de la gloire, vit encore entre deux peuples Winckelmann ;

En face de l'étranger qui campe encore, armé, sur notre sol, chantez, chantez : « Italie ! Italie ! Italie ! »

LE LONG DU CHIARONE

— AU DÉPART DE CIVITA-VECCHIA

Dépouillés de feuillage, hérissés, inclinés comme des fossoyeurs sur la fosse, de rares arbres sont là, en rond sur la plage boueuse.

Livides, les eaux s'étendent en une longue ligne qui frémit sous un ciel décoloré à travers ce lugubre maquis.

De leurs trompes pendantes, les nuages boivent les vapeurs de la mer, et le soleil verse sur les collines une pluie de sombres rayons.

Les coteaux nus ressemblent à des têtes de teigneux qui, dans l'hôpital, de leurs lits contigus se font réciproquement horreur.

Comme deux flèches mal lancées, deux oiseaux noirs s'envolent d'un buisson, un faucon plonge en tournoyant paresseusement dans les airs.

Et tandis que je lis Marlowe, les maigres chevaux de la voiture trottent, le soleil s'éteint, la pluie crépite.

Et voilà, voilà que l'effrayante forêt s'enténèbre, la forêt faite, ô Dante, et d'arbres et d'esprits,

Dans laquelle, entre des plantes étranges, tu entendis d'étranges querelles, et dans laquelle tu coupas le prunier qui était Pier de la Vigne.

Moi, je lis Marlowe. Son vers louche, ainsi que le sommeil d'un homme que beaucoup de bière absorbée —

Emplit de haines, d'incestes et de meurtres dansant parmi des êtres angoissés, exhale une âcre vapeur d'épouvantable tristesse —

Qui monte et fume et, se mêlant à l'air

malsain, autour d'elle peuple de monstres
les pendantes nuées,

Coasse dans le fond des fossés, ricane
dans le tronc des arbres, s'infiltre avec la
pluie dans les membres lassés... Je frisson-
ne.

Ces pins que durant tant d'années courbè-
rent et les vents et les flots semblent attirer
le malheur sur moi :

— A quoi bon, — disent-ils, — chercher à
s'élever ? A quoi sert de lutter ? Pourquoi
aimer ? Le destin passe et vous abat.— Mais
toi,

Toi, triste chêne-liège, malfaisant bossu,
qui jeté sur le sol relèves la tête en blasphé-
mant Dieu,

Pourquoi, menaçant, tends-tu vers moi tes
bras tordus ? En quoi suis-je responsable du
destin qui te frappe ?

Et vous, longs trembles qui vous dressez
au milieu de ce funèbre enclos, avec vos ra-

mures pendantes ressemblant à des chevelures presque blanches.

Etes-vous bien des trembles ? N'êtes-vous
pas les trois cruelles sœurs qui attendaient
Macbeth sur la fatale route ?

J'entends l'horrible chant de crapauds, de
serpents, de cœurs saignants qu'avec les
vents vous murmurez.

William, roi des poètes au front puissant
toujours serein, pourquoi donc m'envoies-tu
de lugubres messages ?

Moi, je n'ai ôté le sommeil à personne ;
d'autres en moi ont tué le cœur ; je n'am-
bitionne pas un royaume : la seule chose
que je demande au monde, c'est l'oubli.

Est-ce bien l'oubli ? Non, non, c'est la vengeance. O vieux cadavres, pensées qui, toutes, avez ouvert au cœur une blessure, et qui
toutes l'avez donnée —

Traîtreusement, allons, sortez du cimetière du cœur, sortez, laissez flotter aux vents tous vos voiles funèbres !

Assemblons-nous ici. Tenons conseil dans cet horrible lieu, sous l'ombre paresseuse, sur les eaux qui donnent la mort.

Ici la terre est pleine de serpents cachés sous la fleur blanche et jaune ; ici le printemps qui sourit couve en ses flancs mille poisons.

Eh bien, qu'y vienne rire aussi le vers ivre de joie malsaine, qu'il y rampe et se torde et se noue en sifflant ainsi qu'une couleuvre !

Volez, allez, chansons-vampires, à la recherche des cœurs que nous aimâmes. Que le sang répandu soit vengé par le sang !

Mais que vois-je ? Dans le lointain apparaît, superbe, l'Argentaro qui lentement descend vers les flots bleus de la mer Tyrrhénienne.

Le soleil illumine les cimes. Là-bas, au

fond, sont mes collines avec leur calme horizon et leurs pieux souvenirs.

Là, quand j'étais tout enfant, vint me sourire la divine figure d'Homère... Loin de moi donc, Marlowe! Que l'onde t'engloutisse; et toi, forêt infâme, adieu!

A PROPOS

DE LA

MORT D'EUGÈNE NAPOLÉON

Celui-ci, l'inconsciente zagaie d'un sauvage le faucha, éteignant à ses yeux pleins de vie éclatante les sourires de fantômes qui planaient dans l'azur immense;

Rassasié de baisers sous les édredons autrichiens, et rêvant de réveils et de roulements belliqueux sous les aubes glaciales, l'autre s'inclina comme une pâle jacinthe;

Tous deux étaient loin de leur mère, et leurs deux fronts resplendissants de jeunesse paraissaient encore attendre l'empreinte d'une caresse maternelle: Mais, au contraire.

Sans aucune consolation ces jeunes âmes sombrèrent dans la nuit ; et ni discours pa. triotiques, ni cris d'amour, ni chants de gloi- re ne les accompagnèrent dans la tombe.

Ce n'était pas, ô taciturne fils d'Hortense, ce que tu avais promis à ton nouveau-né. A la face de Paris, tu avais prié le Ciel de lui épargner la destinée du Roi de Rome.

La Victoire et la Paix de Sébastopol, du bourdonnement de leurs blanches ailes, as- soupissaient le jeune enfant ; l'Europe était dans l'admiration ; la Colonne resplendissait comme un phare.

Mais, sanglante est la boue de Décembre et perfide est le brouillard de Brumaire : dans leur atmosphère les jeunes arbustes ne peuvent croître ou bien portent des fruits qui ne mûrissent pas.

O solitaire maison d'Ajaccio que de grands chênes verts ombragent, que couronnent de paisibles coteaux et devant laquelle avec bruit déferle la mer

13

Là Lœtitia, beau nom italique qui désormais à travers les siècles résonnera comme un nom de malheur, là Lœtitia fut épouse, fut mère heureuse, hélas ! durant un temps trop court, et là —

Tu dus, après avoir une dernière fois lancé contre les trônes ton tonnerre, après avoir donné aux nations des lois uniformes, là tu dus, ô Premier Consul, te retirer entre la mer et Dieu en qui tu avais foi.

Ombre domestique, Lœtitia maintenant habite la maison déserte ; l'auréole de César ne ceignit pas son front : la mère corse vécut entre les autels et les tombes.

Son fils funeste au regard d'aigle, ses filles bien-aimées belles comme l'aurore, ses petits-fils qui vivaient d'espérance, tous s'éteignirent, tous reposent loin d'elle,

Et, dans la nuit, elle est là, cette Niobé corse, elle est là sur le seuil, d'où pour aller au baptême sortaient ses enfants, et, fière, elle étend les bras vers la sauvage mer.

Et elle appelle, elle appelle pour voir si,
des Amériques ou de l'Angleterre ou de l'A-
frique brûlante, quelque membre de sa tragique lignée ne viendra pas, poussé par la
mort, aborder sur son sein.

EN DEHORS

DE LA

CHARTREUSE DE BOLOGNE

Oh ! combien est cher le soleil à ceux qui sortent des blanches et muettes maisons des morts : il leur arrive ainsi que le baiser d'un dieu ;

Baiser de lumière qui inonde la terre, tandis que dans l'immensité les cigales chantent à pleine voix l'hymne de Messidor.

La plaine ressemble à une mer superbe couverte de frémissements et de vagues ; villes, hameaux, châteaux en émergent comme des îles.

Les longues routes s'élancent bordées de

peupliers à travers la verdure poudreuse, les ponts légers franchissent le fleuve avec leurs enfilades d'arches hardies —

Et tout n'est partout que flamme et azur. Des Alpes, là-bas, au-dessous de Vérone, regardent, solitaires, deux blancs petits nuages.

Du mont sacré de la Guardia qui, couronné, descend de l'Apennin dans la plaine, vers vous, Délia, souffle le zéphyr ;

Il agite votre voile blanc et déplace les boucles de cheveux dont les noirs anneaux tombent en glissant de votre front superbe.

Tandis que, de votre gracieuse main, vous domptez ces rebelles, en abaissant les yeux vers votre sein où l'amour vainement promet tant de bonheur,

Écoutez (vous dans le cœur de qui parle l'esprit des Muses), écoutez ce que sous la terre disent les morts.

Là dorment au pied de la colline nos ancêtres ombriens qui, du bruit de leurs haches, les premiers rompirent, ô Apennin, tes silences sacrés ;

Là dorment les Étrusques descendus avec le *lituus*, avec la lance, les yeux fixés vers la mystérieuse cime des monts verdoyants ;

Et les grands Celtes roussâtres qui couraient se débarrasser du sang des massacres dans les froides eaux alpestres du fleuve par eux appelé Reno ;

Et la forte lignée de Rome, et le Lombard aux longs cheveux qui, le dernier de tous, campa sur les sommets reboisés ;

Là reposent aussi les derniers êtres chers que nous avons perdus... Midi flamboie sur la colline : écoutez, Délia, ce que disent les morts.

Les morts disent : « Heureux, ô vous qui vous promenez sur les collines enveloppées des chauds rayons du soleil d'or !

A vos oreilles murmurent les fraîches eaux descendant à travers les versants fleuris : les oiseaux chantent dans la verdure ; les feuilles frémissent au vent.

A vous sourient les fleurs toujours nouvelles sur la terre, à vous sourient les étoiles, ces éternelles fleurs du ciel. »

Les morts vous disent : « Cueillez les fleurs, qui, elles aussi, passent ; admirez les étoiles qui ne passent jamais.

Les couronnes putréfiées se liquéfient autour de nos crânes humides ; mettez de fraîches roses autour de vos chevelures noires et blondes.

Il fait froid sous la terre où nous sommes, et toujours nous y sommes seuls. Oh ! aimez-vous aux rayons du soleil !... et qu'au-dessus de votre vie qui passe resplendisse l'Amour, cette étoile éternelle ! »

VIEILLERIES

Tel qu'un petit enfant qui, battu par sa mère ou mal dompté dans une rixe opiniâtre, exténué, s'endort, les poings serrés encore et les sourcils froncés,

Tel, ô candide Lalagé, dort en mon cœur l'Amour ; il ne s'occupe pas de savoir si, durant le mois de mai plein de roses, les autres enfants sont heureux de courir et jouer au soleil, et il ne leur porte pas envie.

Mais ne l'éveille pas !... Tu l'entendrais, ô Lalagé, de brusques colères remplir les airs en interrompant les jeux de ses pareils, — car, pour moi, l'Amour est le dieu des batailles.

MOTIFS MÉTRIQUES

Traversâtes-vous le Tibre à la nage, ô Clélia, comme votre homonyme antique, ou vîntes-vous à nous comme une nouvelle Rhéa Silvia ?

L'hendécasyllabe, ô descendante de Rhéa, a le pas trop court pour mesurer les contours de votre beauté ;

Seul, de son pied triomphal l'héroïque hexamètre pourrait gravir la voie sacrée de vos rondes épaules.

De la cime capitoline, du beau cou digne de Phidias, comme une albaine guirlande le pentamètre doit descendre.

Dans l'éclat de vos yeux, qui brille fièrement comme à travers les collines prénestines le fauve soleil couchant,

14

La strophe alcaïque agite ses ailes frémissantes et s'échauffe aux robustes amours ;
Toi, septénaire vil, arrière !

Et qu'au-dessus de votre chevelure ondo-
yante qui, semblable à la nuit, descend sur
le marbre assombri de vos formes doriques —

(Aux servantes laissez, ô descendante de
Rhéa, laissez l'octosyllabe), ainsi qu'une couronne d'étoiles d'or l'asclépiade resplendisse !

LA MÈRE

(GROUPE D'ADRIANO CECIONI)

L'aube rosée, qui pousse les cultivateurs au champ encore sombre, la vit certainement passer, pieds nus, d'un pas rapide, à travers les humides senteurs des foins ;

Ses larges épaules inclinées vers les blonds sillons, les ormes couverts de poussière vers le milieu du jour certainement l'entendirent défier les rauques cigales chantant sur les coteaux.

Et lorsque, de dessus le travail elle levait son sein gonflé de lait et sa face hâlée et ses fauves cheveux, les soleils couchants, ô

Toscane, colorèrent d'une teinte de feu ses
énergiques formes.

Maintenant, mère robuste, elle pelote son
robuste enfant ; de ses seins nus, où il s'est
déjà rassasié, elle le lève haut, et tendrement
babille avec lui, qui, sur les brillants yeux
maternels —

Fixe ses yeux en agitant son petit corps
frémissant d'impatience, et cherche à la sai-
sir de ses petites mains ; et la mère, qui rit,
s'élance et le reprend dans un transport d'a-
mour.

Autour d'elle sourit le labeur domestique ;
les blés ondoyants lui apparaissent sur la
verte colline ; le bœuf mugit ; sur l'aire chante
le coq majestueux.

C'est ainsi que des forts, qui pour elle mé-
prisent les fantômes de gloire que le vulgaire
adore, de saines visions la Nature réconforte
les âmes, ô Adriano.

Et voilà pourquoi, austère artiste, tu con-
fies au marbre la haute espérance des siè-

cles... Mais quand donc le travail donnera-
t-il la joie ? Quand donc l'amour sera-t-il sans
dangers ?

Quand donc un fort peuple d'hommes libres dira-t-il en regardant en face le soleil :
« Éclaire enfin, non pas l'oisiveté et lès guer-
res des tyrans, mais la sainte équité du travail ? »

UN SOIR DE SAINT-PIERRE

Je me souviens. A travers les rouges vapeurs et les chaudes nuées, le soleil descendait vers la mer comme un immense bouclier
de cuivre, qui dans de féroces combats brille
en vacillant et puis tombe. En haut de la
colline, parmi des massifs de chênes, Casti-
glioncello lançait par ses vitres rougies comme un fou rire railleur de sorcière. Faible et
triste (je venais à peine de secouer la fièvre
des maremmes), je regardais à la fenêtre.
Les hirondelles légères croisaient et recroi-
saient leur vol oblique autour des gargouilles,
et les bruns passereaux piaillaient dans l'air
malsain du soir. A travers le taillis se succé-
daient en raccourci la plaine et les coteaux
à moitié rasés par la faux, en partie blonds et
ondoyant encore. Le long des sillons gris fu-
maient les chaumes allumés, et, de temps en
temps, lent, lointain, plaintif et las, venait,
porté par l'air humide, le chant des moisson-

neurs. Un lourd étouffement étreignait l'atmosphère et la plage et les plantes. Moi, je
levai les yeux vers le soleil : « O splendide
lumière du monde, des hauts lieux où tu
planes, tu contemples la vie comme un cy-
clope ivre ! » — Du milieu des grenadiers les
paons crièrent en se moquant de moi, et une
chauve-souris égarée passa au-dessus de ma
tête en m'effleurant de son aile.

POUR LES NOCES DE MA FILLE

O toi, qui me vins alors que sur ma pauvre
maison passait comme un oiseau fugitif
l'espérance et que dédaigneusement je frap-
pais aux portes de l'avenir ;

Maintenant que j'ai arrêté mon pied sur le
terrain ferme qu'en combattant je parvins à
atteindre, et qu'autour de moi s'enrouent les
perroquets adulateurs,

Tu t'envoles, ma colombe ; tout émue, tu
vas construire un nouveau nid par delà l'A-
pennin, dans le doux air natal des collines
toscanes ;

Va-t'en donc, prends avec toi l'amour, emporte avec toi la joie, emporte la foi naïve,

L'œil humide attaché au voile qui s'enfuit,
ma Camena se tait et songe.

Elle remonte aux jours où, toute petite, tu
cueillais des fleurs sous les acacias, tandis
que, te conduisant par la main, elle pour-
suivait dans le ciel des figures et des ombres.

Elle resonge aux jours où autour de ta
souple chevelure éclataient les strophes ar-
dentes lancées contre l'oligarchie et contre
la vile populace d'Italie.

Et, vierge pensive, tu grandissais lorsque,
intrépide, elle prit d'assaut les hauteurs de
l'art, et sur elles planta sa garibaldienne
bannière.

Regarde et réfléchis. Ne pourra-t-il pas,
un jour, être doux de remonter avec toi le
cours des années écoulées et de resonger de
chers rêves dans le doux sourire de tes
enfants ?

Ou bien, peut-être vaut-il mieux lutter
jusqu'au moment où me réclamera l'heure

suprême? Alors, ô ma fille! — car nulle Béatrix ne m'attend dans le ciel, —

Alors, à l'endroit où passèrent le grec Homère et le Dante chrétien, que tes doux regards me servent d'escorte, et que m'accompagne le son bien connu de ta voix!

AVE

(A PROPOS DE LA MORT DE G. P.)

Maintenant que, linceul funèbre, les neiges pèsent sur les champs et sur les âmes,
et que le faible frémissement de la vie se
perd dans la brume hivernale,

Tu nous quittes, ô doux esprit ; peut-être
la blanche nuée t'accueille-t-elle là-haut, dans
les solitudes du soir, et, légère, se dissipe-
t-elle avec toi...

Nous, alors qu'un faible désir fait recher-
cher aux âmes les tièdes soleils et que revient, au temps où les fleurs s'épanouissent,
la blonde Cérès aux yeux bleus,

Nous penserons, chère âme, à toi qui ne seras pas revenue, et, sous la pâle lune d'avril, nous verrons passer en nous saluant ton ombre bien-aimée.

A GIUSEPPE GARIBALDI

(III NOVEMBRE MDCCCLXXX)

Seul, en tête du morne premier rang, le dictateur, enveloppé et silencieux, chevauchait ; autour de lui la terre et le ciel étaient froids, gris, couleur de plomb.

On entendait le pied de son cheval barboter dans la boue, et derrière, dans la nuit des pas cadencés et des soupirs de poitrines héroïques.

Mais des mottes de terre noircies par la bataille, mais des buissons tout arrosés de sang, de tout endroit où se trouvait un lambeau de vos cœurs, ô pauvres mères italiennes,

Jaillissaient des flammes ressemblant à des

astres, surgissaient des voix qui entonnaient des hymnes ; dans le lointain resplendissait la Rome olympique ; un *péan* (1) courait dans les airs.

— La honte des siècles surgit à Mentana du triste embrassement de Pierre et de César ; tu as, à Mentana, Garibaldi, sur Pierre et sur César posé le pied.

O valeureux rebelle d'Aspromonte, ô superbe vengeur de Mentana, viens, monte au Capitole, et raconte à Camille les hauts faits de Palerme et de Rome. —

Ainsi courait solennellement la mystérieuse voix des esprits dans le ciel d'Italie, en ce jour où les lâches hurlèrent, ainsi que des roquets qui redoutent la verge.

Aujourd'hui l'Italie t'admire. La Rome nouvelle te nomme un nouveau Romulus, tu montes, ô divin héros ; que le silence de la mort s'éloigne de ton front !

Au-dessus du gouffre commun des âmes, les siècles t'appellent, toi le resplendissant,

(1) Hymne d'allégresse.

dans les hautes sphères, au sacré Conseil des dieux indigètes de la patrie.

Tu montes, et Dante dit à Virgile : « Jamais nous ne rêvâmes une plus noble figure de héros. » Tite-Live en souriant dit : « Mais il appartient à l'histoire, ô poètes ;

« Il appartient à l'histoire politique de l'Italie, ce Ligurien opiniâtre et hardi qui, appuyé sur la justice, regarde vers les hauteurs et rayonne dans l'idéal. »

O notre père, gloire à toi ! Dans l'effroyable frémissement de l'Etna, dans les épouvantables tempêtes des Alpes, c'est ton cœur de lion qui gronde contre les barbares et les tyrans ;

Mais dans le bleu sourire de la mer, du ciel, des éclatants mois de mai resplendit ton cœur plein de mansuétude, de même qu'il est répandu sur les tombes et sur les dalles de marbre qui perpétuent la mémoire des héros.

A LA TABLE DE MON AMI

(GIUSEPPE CHIARINI)

Non, jamais dans le ciel qu'enfant je res-
pirai, tu ne te révélas à moi, soleil, divinité
splendide, comme aujourd'hui j'aime à te
voir, épandu dans les larges rues de Li-
vourne;

Non, jamais tu ne bouillonnas dans les cou-
pes, ô Bacchus, sage et généreux consola-
teur, comme en ce moment où, songeant à
franchir l'Apennin, je bois à mon ami.

O soleil, ô Bacchus, faites qu'irréprocha-
bles, mais non pas sans amour et non pas
sans cithare, mon ami et moi nous descen-

dions chez les tranquilles ombres, — où est Horace ;

Mais venez en souriant apporter de doux présages aux petits enfants qui, pareils à de douces fleurs embellissent la table ; apportez aux mères la paix, et l'amour et la gloire aux jeunes audacieux.

CHUTE DE NEIGE

Lente, la neige à gros flocons tombe à travers le ciel d'un gris de cendre : les bruits, les chants de vie ne montent plus de la cité ;

Plus de cris de marchand d'herbages ou de sourd roulement des chars sur le pavé ; plus de joyeux refrains d'amour et de jeunesse.

Du haut de la tour de la place, les heures d'une voix rauque jettent dans l'air des gémissements ressemblant aux soupirs d'un monde éloigné du jour ;

— Des oiseaux égarés frappent de leurs ailes aux vitres obscurcies ; les esprits des êtres aimés reviennent près de moi, regardent et m'appellent.

Bientôt, ô mes chéris, bientôt, — toi, calme-toi, mon indomptable cœur, — bientôt, je viendrai vous rejoindre dans le silence, et sous terre avec vous reposer dans l'oubli.

NOTES

NOTES

DE UN SIMPLE MOT

... Des chaires sont spécialement créées
pour lui (1).

(1) — La digne veuve du très regretté professeur
de philosophie de l'Université de Bologne que Carducci aimait comme un frère, Mme Siciliani, m'écrivait,
il y a quelques mois à peine, que le Ministre
(italien) de l'Instruction publique ayant, « tout spécialement pour lui, créé une chaire à l'Université de
Rome et invité *le plus grand poète vivant de
l'Italie* à venir y parler de Dante, la municipalité de
Bologne, aussitôt réunie, s'était transportée, en corps,
chez le professeur Carducci, pour le supplier, offi-
ciellement, de ne pas abandonner la vieille et célèbre
Université de cette ville qui le possède depuis près de
vingt ans. » Et Mme Cesira Siciliani ajoutait avec rai-
son : « De toute façon, qu'il aille à Rome ou demeure
à Bologne, une telle nomination est on ne peut plus
honorable pour notre excellent ami qui en est digne
à tous égards. »

Dans ma modeste brochure « *Pierre Siciliani*, »
que la *Rivista Pedagogica Italiana* (anno II, Ca-

mila e Bertolero, editori, Torino, 1887) m'a fait
l'honneur de reproduire textuellement à l'occasion du
premier anniversaire de la mort de l'illustre professeur
auquel l'Italie fit des funérailles nationales, j'ai déjà
eu occasion de dire que c'est à mes bons amis, M^r et
Mme Siciliani et leur digne fils Vito, que j'ai dû la
bonne fortune de connaître M. Carducci, et le désir de
traduire ses œuvres.

... Un article de journal ou de revue... (2).

(2) — Parmi les rares publications de ce genre qui
peuvent exister, je citerai, tout spécialement outre quelques pages de la *Revue des Deux-Mondes,* les cons-
ciencieuses études de M. Louis Garel *(Jeune France,*
du 1 juillet 1879) ; du regretté *Marc-Monnier.*
(*Nouvelle revue* du 1er août 1882) ; de M. Edouard
Rod (*Revue de Genève,* novembre et décembre 1885) ;
un article de M. Edmond Cottinet, dans la *Presse,*
article qui provoqua une protestation du journal de
Bologne *La Patria,* n^o du 8 mars 1885 ; et enfin —
bien longtemps avant la trop courte note parue dans
le Supplément Littéraire du *Figaro* du 3 septembre
1887, à propos des « *Rime Nuove* » — l'enthousiaste
et substantielle plaquette suivante :

... Une brochure, une plaquette (3).

(3) — Un poète italien — *Giosué Carducci,* par
Roger Allou, avocat de la cour d'Appel de Paris. —
Paris, imprimerie D. Jouaust, 1883 ; — plaquette dont
je ne saurais trop recommander la lecture à tous ceux

qui, ne pouvant en juger par le texte, désirent cependant se rendre compte aussi exactement que possible de l'œuvre de Carducci et de la révolution opérée dans la métrique italienne par les *Odes barbares*.

... France « initiatrice » qu'il aime, qu'il admire (4).

(4) — Les preuves abondent ; je n'en citerai, au hasard, qu'une entre mille. Carducci écrivit un jour : « O littérature de Voltaire et de Rousseau, de Diderot et de Condorcet, toi qui as libéré le genre humain et révolutionné le monde, misérable qui te renie, malheureux qui te méconnaît !... Du reste, que l'Italie et l'Europe disent ce qu'elles voudront, qu'elles admirent à leur aise le *Sauerkraut* et le droit de conquête, moi, comme révolutionnaire, j'adorerais la littérature française, même si je n'étais pas Italien ; comme Italien je la respecte et je l'aime pour tous les rapports qu'elle eut avec la littérature de mon pays, etc. etc. »

Le 21 mai 1883, Carducci m'écrivait à propos de ma traduction de son *Ça ira* . « *Noi ammiriamo la Francia rivoluzionaria.* » Et pour la France il a écrit, entre autres poésies, les suivantes que j'ai éprouvé un patriotique plaisir à traduire et à faire connaître : *A propos du LXXVIII⁰ anniversaire de la proclamation de la République Française* (21 septembre 1870), traduction publiée dans la *Revue moderne* d'août 1885 ; —*Versailles pendant le LXXIXᵉ anniversaire de la République Française (21 septembre 1871)* — *Journal de Genève* et *Progrès*

7

Libéral de Toulouse ; — *Ça ira* (septembre 1792)
Revue des Chefs-d'œuvre du 10 juin 1884. et avec
notes, *Revue rose* de septembre 1887 ; — *A Victor
Hugo, ode lue dans un banquet que quelques
admirateurs du grand art et amis de la France*
donnèrent à Bologne pour fêter le *80e anniversaire
du poète* — *Revue Internationale*, de Florence,
du 16 juin 1885 etc. etc.

Giosué Carducci a bien voulu écrire aussi pour ma
fille bien-aimée, qui en est justement fière, un sonnet
dont je demande la permission de donner ici la traduction, comme je donnerai à la suite celle de cet autre
sonnet devenu fameux *Il Bove* :

A Mademoiselle Marie Lugol.

Enfant qui dans tes jours de deuil et de tristesse
Presque à peine entrevue à mes yeux t'envolas
Comme un ange éploré qui s'enfuit d'ici-bas,
Blonde et douce Marie, étoile charmeresse,

Du splendide pays où Laure eut la tendresse
Et les chants de Pétrarque oublieux du trépas.
Ton image empruntant de magiques appas
Revient à ma pensée, y fleurit et se dresse —

A mes yeux comme un lis courbé par les autans
Qui dans l'azur d'un ciel humide de printemps
Doucement se relève, ondule sur sa tige —

Et, de son voile blanc écartant les réseaux,
Offre de sa beauté l'orgueil et le prestige
Aux rayons du soleil comme au chant des oiseaux.

Bologne, 9 juin 1885.

Le Bœuf.

Je t'aime, ô bœuf paisible ! Un pieux sentiment
De douceur et de paix à te voir me pénètre,
Soit qu'au milieu des champs où, libre, tu vas paître,
Tu te campes, superbe, ainsi qu'un monument ;

Ou bien que, sous le joug t'inclinant, gravement
Tu secondes, heureux, le travail de ton maître.
Il crie, il t'aiguillonne. . et seul en toi, doux être,
Ton doux regard répond par un lent mouvement.

De tes larges naseaux noirs et mouillés, fumante,
S'échappe ton haleine, et ta voix mugissante
Comme un hymne joyeux monte dans le ciel pur;

Et dans le glauque iris de ton œil sans nuages,
Profond se réfléchit comme en un calme azur
Le silence divin de tes verts pâturages.

L'auteur m'écrivit, à propos de cette traduction, la
trop élogieuse lettre suivante que je suis très fier
de transcrire ici :

Bologna, 29 dicembre 1883.

« Mio caro Sig. Lugol,

« Non ebbi in tempo la vostra del 4 per rispondervi
a Napoli.

« Voi avette tradotto *Il Bove* in modo che non si
poteva meglio. Io mi son piaciuto a me stesso nella
vostra traduzione : nelle terzine vostre per poco non
mi sono ammirato : ma poi mi accorsi che l'incanto
era tutto da parte dei vostri versi.

« Vi ringrazio della versione pubblicata o da pub-
blicare del *Ça ira.*

« Oh! *Ça ira!* anche oltre il Tonchino.

. La vostra « angélique » mi fara pensare al dolce
paese di Provenza e di Francia, che vorrei pur visi-
tare.

« Auguri buoni : a voi, alla vostra famiglia, alla
Francia !

    « Vostro

      Giosuè Carducci.

« Vi scrivo da casa della Signora Siciliani laquale
insieme col professore e con Vito vi ricorda e vuole
essere ricordata.   g. c. »

... Son contrôle direct ou indirect (5).

(5) — Ainsi qu'on le voit par la lettre du 3 février
1887 reproduite avec deux autres de Carducci en tête
de ce volume, Mme Daphné Gargiolli de Rome, charmante Italienne très instruite qui connaît et parle ad-
mirablement le français, a bien voulu, avec le grand
poète, revoir mes humbles essais de traduction des
Odes barbares. Ses observations m'ont été parfois
précieuses. Qu'il me soit permis de lui témoigner ici
ma vive reconnaissance et de lui adresser mes plus
respectueux remerciements.

... quelques-uns de ses nombreux ouvrages (6).

(6) — L'œuvre de Carducci est, en effet, déjà consi-

dérable et chaque jour le devient davantage. Sans
compter les nombreux ouvrages de critique et de phi-
lologie que mentionne l'essai bibliographique joint à
la 4e édition des *Odes barbares* par M. le docteur
Ugo Brilli, qui n'a pas encore donné la Bibliographie
complète promise, Giosuè Carducci, entre autres volumes édités par divers, a publié les suivants :

Editions Nicola ZANICHELLI, de Bologne.

Poésie :

La Poesia barbara, nei Secoli XV & XVI. — *Ju-
venilia* (édition définitive). — *Levia gravia* (1861-
1867, Edition définitive. --*Giambi ed Epodi* (1867-
1872, Edition définitive. — *Odi barbare*, 5ᵉ édition,
Nuove odi barbare, 2ᵉ édition. *Rime nuove* 1887.

Editions SOMMARUGA, de Rome.

Prose :

Confessioni e Battaglie. Série I, 4ᵉ édition. Série
II, 4ᵉ édition. Série III. *Conversazioni critiche*.

Et il a sous presse ou en préparation bien d'autres volumes qui porteront ces titres : *Terze Odi barbare* ;
La Poesia barbara, nei Secoli XVII, XVIII & XIX;
*I trovatori alla corte de Monferrato ; Vite e Ri-
trati ; La Canzone di Legnano : Scatti e Schiz-
zi ; Studi letterari ; Discorsi letterari : Novelle ;
I Ciompi ;* etc. etc.

TABLE

—

ODES BARBARES

NOUVELLES ODES BARBARES

FIN

Achevé d'imprimer
le trois mars mil huit cent quatre-vingt-huit
Par J. MAZEYRIE
Imprimeur à Tulle
Pour ALPHONSE LEMERRE, Editeur
à Paris

ŒUVRES DU TRADUCTEUR

OUVRAGES PARUS

POÉSIE

UN RÊVE, poème. — *La Délivrance*, Montauban, 1872. — *La Vengeance*, avec une lettre de Victor Hugo. — Paris, 1872. — *Le Quatre septembre*. Paris, 1872. — *Le Poète*, Alfred Chérié, éditeur, Paris, 1876. — *La Guerre au néant*, poème philosophique, Librairie des Bibliophiles, Paris, 1880 — épuisé. — Brochures, opuscules.

PROSE

UNE VISITE AUX OSSUAIRES DE SAN-MARTINO ET DE SOLFERINO, — traduction de la plaquette de Mme Cesira Pozzolini Siciliani. Paris, 1882. — Alphonse Lemerre, éditeur. — Prix. . . . . F. 2 »

DOÑA PERFECTA, traduction du roman espagnol de B. Perez Galdós, avec une préface de M. Albert Savine. — *Nouvelle Librairie Parisienne*, Paris, 1885. — 2e édition. Prix. F. 3 50

PIERRE SICILIANI, Souvenirs intimes, — Turin, 1887, épuisé.

ODES BARBARES, traduites de l'italien G. Carducci. — A Lemerre, éditeur. Paris. 1888. — Prix.   F. 2 50

L'AMI MANSO, traduction du roman espagnol de B. Perez Galdós, 1 vol. de la « *Bibliothèque des meilleurs romans étrangers.* » — Librairie Hachette & Cie. Paris, 1888. — Prix.   F. 1 25

POUR PARAITRE PROCHAINEMENT

MARIANELA, traduction du roman de B. Perez Galdós.

RIVERITA, — MAXIMINA, traduction des romans espagnols de A. Palacio Valdés.

L'ENNEMI, traduction du roman espagnol de J. O. Picón.

EN PRÉPARATION

KÉRAMOS, traduction du poème américain de Henri Wadsworth Longfellow, avec une lettre de l'auteur.

LA BANDOLÉRISME, (*Le Banditisme en Espagne*). — Etude sociale et mémoires historiques. — RECITS : traduits du grand ouvrage de D. Julian de Zugasti y Saenz, ex-gouverneur de Cordoue, 4 volumes.

SAVITRI, traduction française de l'Idylle dramatique indienne, de M. le comte Angelo de Gubernatis.

GLORIA, traduction du roman espagnol de B. Perez Galdós.

TORMENTO, traduction du même auteur.

LES CHATEAUX D'ULLOA, traduction du roman espagnol de Mme Emilia Pardo Bazán.

NOUVELLES ESPAGNOLES, traduites de divers auteurs contemporains.

ÉLANS DE L'AME, ÉCHOS HUMAINS, poésies, 1 volume.

EN WAGON, *par monts, par vaux, sur l'onde et dans les airs*, impressions, souvenirs et notes de voyage. 1 vol.

IMPRIMERIE DE J. MAZEYRIE.

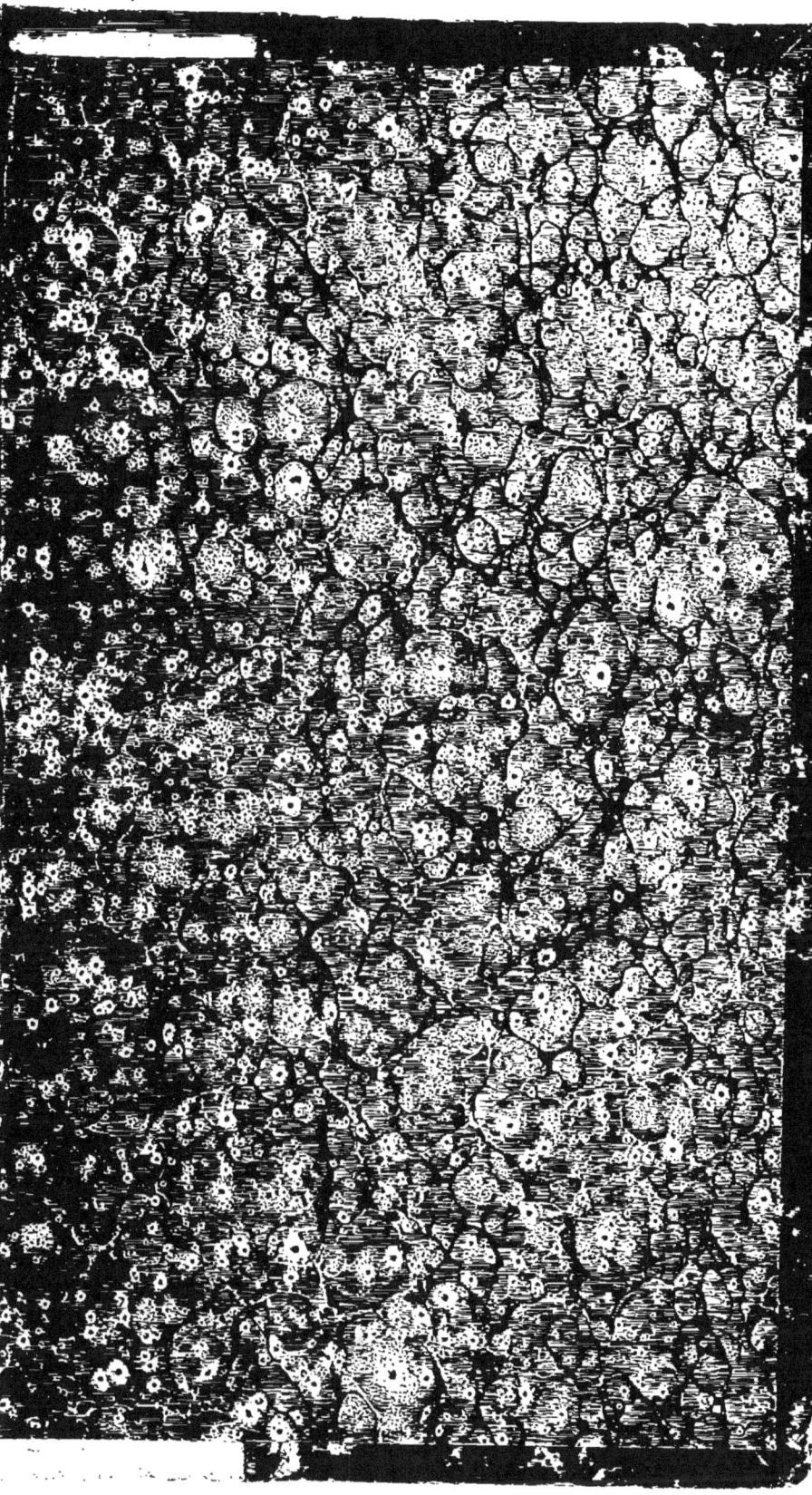

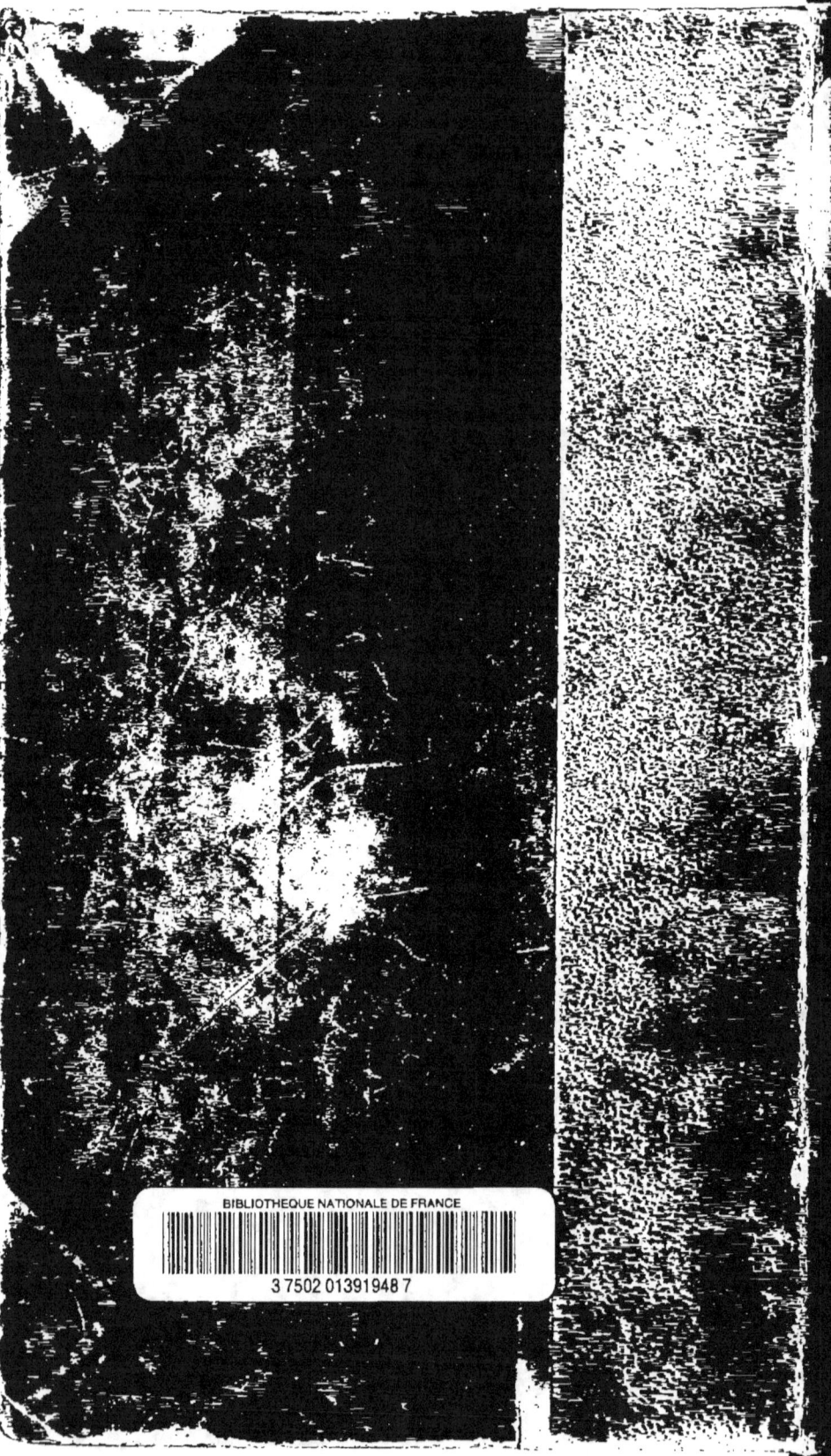

www.ingramcontent.com/pod-product-compliance
Lightning Source LLC
Chambersburg PA
CBHW051149260626
47170CB00005B/2034